树，一部乡村的词典

曹文生／著

北方文艺出版社

图书在版编目（CIP）数据

树，一部乡村的词典 / 曹文生著. -- 哈尔滨：北方文艺出版社，2019.4
ISBN 978-7-5317-4295-1

Ⅰ.①树… Ⅱ.①曹… Ⅲ.①散文集－中国－当代 Ⅳ.①I267

中国版本图书馆CIP数据核字(2018)第114095号

树，一部乡村的词典
Shu，Yibu Xiangcun de Cidian

作　者 / 曹文生

责任编辑 / 王　丹　金倩倩　　　　装帧设计 / 芩默设计

出版发行 / 北方文艺出版社　　　　网　址 / www.bfwy.com
邮　编 / 150080　　　　　　　　　经　销 / 新华书店
地　址 / 哈尔滨市南岗区林兴街3号　发行电话 / （0451）85951921 85951915
印　刷 / 三河市华晨印务有限公司　开　本 / 660mm×960mm　1/16
字　数 / 159千　　　　　　　　　印　张 / 14.25
版　次 / 2019年4月第1版　　　　　印　次 / 2019年4月第1次印刷
书　号 / ISBN 978-7-5317-4295-1　定　价 / 58.80元

目 录
Contents

第一辑　植物笔记

003// 故乡的野菜

007// 树，一部关于乡村的词典

014// 一棵树的编年史

019// 植物笔记

026// 与蒿草为邻

031// 树的回忆

036// 故乡"草"书

043// 孤独的白菜

048// 质朴的萝卜

052// 植物书

058// 植物日志

第二辑　动物映象

065// 牛，乡村的书简

069// 狗这一辈子

073// 篱笆、女人和狗

079// 动物映象

087// 夜晚，一头驴的背影

091// 对一只鸡的定义

095// 羊群与喜鹊

099// 乡野书

109// 对一头猪的臆想

114// 走失的蝉

120// 故乡的麻雀

124// 鼠，乡村的逃亡者

128// 卑微的生命

第三辑　物之轻语

135// 孤独的稻草人

140// 被记忆淋湿的器皿

145// 一些明亮的火焰

151// 辘轳、女人和井

155// 房子，乡村的胎记

161// 母亲的灶台

167// 布　鞋

171// 石头·剪子·布

177// 清露白霜

181// 露，民间的净水

184// 暗色，草木灰

188// 一个人的果园

192// 父亲的麦田

196// 故乡的棉花地

200// 九格之窗

209// 回眸门楼

213// 以石为名

第一辑 植物笔记

故乡的野菜

很多时候，我都觉得野菜之于我，冥冥之中有种关联，每一个生长野菜的地方，我都是熟悉的。后来才明白，我之所以喜欢故乡的野菜，是因为喜欢野菜之前的那个修饰语——故乡。这些野菜，会钻进记忆的深处，与一个叫作故乡的念想，在野地里相遇。

之所以想起野菜，确切地说，是因为一些事物引起的，譬如这陕北春天的小蒜、夏天的灰菜、秋天的曲曲菜。我将自己定义为无用之物，将野菜也定义为同类，两个无用之物，在一段虚拟的光阴里相遇，便会产生一些交集。原是故交，却并行生长，互不打扰。

迄今为止，我仍不知道岁月的提篮里，会有一些野菜与我的宿命相连。野菜一旦冠以"故乡"二字，就将一个人的草木情结暴露无遗。故乡，总能打败一些浮躁，让一个人安静下来，细细回忆一些细节，然后在纸上复活。

一夜春风，豫东的麦田醒了，土地里的许多旧物，开始吐出闪亮的舌头。春风拂过的地方，都存在着时间的遗物，譬如一株草、一棵树。它们宽恕了迟到的春天，与温暖为邻。

就那么一场风，乡村开始风云突变，指甲盖大的野菜开始疯长，野茼蒿顺着麦田缝隙探出头来，呼吸田园之气，水萝卜也安于贫瘠的土壤。

春节后是野菜生长的最佳时机，一夜春风过，便野菜满地。田间地头到处都是乡人晃动的影子。你看，妇女小儿，三五成群，手拎竹篮。他们蹲在地上，说笑间就剜了一篮。挖野菜也是人生一件有趣味的事。人对土地较为了解，更知道野菜的品性。"初春为菜，仲春为草。"这谚语谁都懂，这年过后，一肚子油水，趁着野菜鲜嫩，是该好好调理一下了。

野菜的苦，适合初春的肚子，素净，还有些返璞归真。忆苦思甜之类的话，有些人为地拔高，村人吃野菜，不过是一种自然的习俗罢了，与强加的道德毫无关联。

吃野菜，也是种享受，豫东谚语："水萝卜棵，打豆沫，也打也多。""水萝卜棵，贴窝窝，不吃不吃吃两个。""水萝卜棵，喝豆沫，客来了，盖住锅，客走了，三碗两碗可劲喝。"谚语是诱人的，但谚语的背后是女性的智慧。

女人把这些野菜带回家，择净，洗好，然后加上面粉拌匀，放在蒸笼里面蒸，蒸熟了以后，放点盐、酱油、味精、香油，最主要的是放点蒜泥，然后就可以享用了。吃惯了大鱼大肉，可能嘴里已索然无味，当舌尖接触到这份微苦时，就会萌发出一种想吃的欲望，这种清淡让人品尝到了家乡的味道，淡雅而不浮华，清静而不喧嚣，吃起来真是别有一番滋味。

每年回家吃野菜，都能吃得痛快淋漓。野菜本来就不是高贵之菜，而是隐藏在庄稼下的卑贱之物。追根溯源，野菜本是远古时代农人果腹的食物，是饥饿时的救命草，因此野菜承载了很多苦难的往事。但是到我记事的时候，家家都已有充足的粮食，野菜倒是少有人吃了，或许是人们觉得野菜没有细粮好吃的缘故吧，再没人垂青野菜！可是我无法遗忘童年时代的记忆，那时的我们，会到地里挖上满满一篮子蒿蒿棵、水萝卜棵，让母亲全做了，风卷残云地吃得多么过瘾哪！

遗憾的是，直到现在为止，我仍不知道水萝卜棵的学名是什么，就像乡村的一个人，经受岁月的洗礼后，人们只知他的小名或绰号，早已忘记族谱上的名字了。我上网查了一下，人们对此观点不一，有人说是马康草，有人说是离子草，到底是什么，我仍一头雾水。这不起眼的植物和玉米窝窝头搭配在一起，金黄、翠绿，让乡村变得鲜活起来。

这几年，我东奔西跑的，远离家乡，很是怀念家乡的野菜，怀念那份微苦。每年春天，我都要跑到地里去挖野菜。人类是善于遗忘的，他们忘记野菜也曾救活过人的命，现在生活条件好了，很多人已经看不起卑微的野菜了。在春天，我会去地里祭拜那些养活乡人的野菜，用那份微苦让自己清醒。当今人沉醉于舌尖上的甜美的时候，我在怀念舌尖上的微苦。

今年返乡，走进田间，一种陌生感油然而生。孩子们早已不识田间野菜，被母亲讥笑，母亲一遍遍教他们："这是面条菜，这是蒿蒿棵……"母亲好为人师的态度让我感动，因为疏远，我的心里产生了淡淡的愧意，一种静默的根系，便是一次返乡的塌陷。我爱过这片广袤的田野，但是却又一次转身，走得那么决然，没有告别，没有安慰。

我喜欢站在土地上，变换视野，解放思想，一会儿看看麦田，想想海子的月光；一会儿看看野菜，想起周作人的平淡。人是可怕的，一瞬间，就会走错路，但是豫东平原没有错路，每一条路的边缘，都长满养人的野菜，每一棵野菜里，都隐藏着一个故乡。

　　我无法确定如今的乡村是否还是健康的，从野菜的繁茂来说，还未病入膏肓，尽管田间野菜不多，但是还能寻觅，零零星星般落在麦田里。但是我们无法抗拒一个事实——乡村人气不旺了，门前一幅幅泛白的春联，一把把生锈的锁，都暗示乡村的败落。我无法原谅一个乡土的塌陷，正如我无法原谅我的远走一样，我与乡土，便活在这种因果报应的循环里。

　　我有时在思考：我、野菜、故乡到底有怎样的关联？人，生于此，死于此，野菜也是，到底这个地方，是谁的故乡？

树，一部关于乡村的词典

树，是一部关于乡村的厚重的词典，或者说，是生活中的一个沉重的词语。每一片叶子、每一条枝蔓，都是对豫东风俗或乡间文化的注释。

一些树是豫东平原的原住民，早于我的先祖占据这一片沃土，它们真正把脚下的这片土地当成自己的故乡，从不背叛。这比我们这些出走的游民，更值得赞美。

柳树——无心插柳柳成荫

说起柳树，我不禁想起陶渊明的诗句："榆柳荫后檐，桃李罗堂前。"这具有田园气息的柳树，是属于魏晋风骨的柳树，与豫东平原是如此格格不入。

母亲从小就告诉我豫东平原的忌讳："前不栽桑，后不栽柳，中间不栽呱嗒手（杨树）。"房子的后面是不允许栽柳树的，何来的"榆柳荫后檐"？这样的美景只能出现在陶渊明的文字里，再说，家乡的茅屋多是三间，没有东西厢房，也就可知陶渊明诗歌中的意境只属于江南。

柳树，在平原上书写着自己的传记。折柳送别，那是属于灞桥的柳枝，而豫东平原的柳树，是乡村另类的歌谣。孩子们将柳枝白色的筋骨抽出，然后吹出流水般的柳笛声，最好再有几个放牛的牧童，意境一下子就打开了。

其实，豫东平原上的柳树与生活休戚相关，柳条编成的篮子占据着生活的中心——割草、装粪。柳木是豫东平原上好的木头，集市上全是柳木案板，用这些木质的风物，填充了厨房贫瘠的内心，在简约的厨房内，藏有柳木耐用的风骨。

柳树在此地，是一个报春的窗口，无论在何时，都能嗅到柳木的气息。在豫东平原的风俗里，柳树是通向另一个世界的通道。在辽阔的大地上，唯有柳树能接近坟地，并占领那里。入土为安之日，孝子们手举灵幡，那灵幡其实就是在柳木上，粘上白色的纸条，让乡俗的文化沾上柳木之气。曲终人散，只留下那一截柳枝，孤独地陪伴着荒坟。没想到，这一插，竟然让柳树焕发新意，坟地上满是柳影，这些习俗暗合了"无心插柳柳成荫"的谚语。

榆树——榆木疙瘩的本性

我喜欢榆木疙瘩这个称呼。这榆木疙瘩的评名，与乡村的习性是如此契合，它们不偷奸、不耍猾，用榆木疙瘩的本性立足中原。其实，榆木疙瘩却因为这种弊端因祸得福，因为无用而躲过斧头的寒光，这让我想起庄子笔下树木的逍遥姿态。

榆木，在乡村的身体上前行，清净无欲。

榆木，是乡村的恩人，这思想在我小时候通过祖母的嘴，进入我干净的内心。

榆树是乡间天然的粮食，只有它最了解豫东平原炉火的味道，什么样的庄稼秸秆最刚烈，什么样的庄稼秸秆最缠绵，它最为知晓。那些年，祖母总是顺着榆木的气息走进灶台，一把面、一把鲜嫩的榆叶，把中原腹地上的苦难赶走。榆树是尊贵的，可以说是乡村的救命粮，青黄不接的三月，榆树的叶子、榆钱、榆树皮皆能充饥，整个豫东平原的大地上，只剩下榆木白亮亮的树干，这阴森森的白骨在风中呐喊。

看到许多进城的乡下人，像我一样在城市里格格不入，便会想起榆木疙瘩的本性。"莫道桑榆晚，为霞尚满天。"这暮年有志向的树木，也许是想回归故乡吧。世界上，再也没有比回归故乡更大的志向了。

枣树——文化里的尊者

"人言百果中，唯枣凡且鄙。皮皱似龟手，叶小如鼠耳。胡为不自知，生花此园里。"这诗句分明带有歧视的色彩，这枣树，为何就不受中唐大文豪的待见呢？可能是因为白居易不了解枣树的秉性吧，或者说他忘记了"此地米贵，不易居"的出身。这以貌取人的诗人，哪里知道枣树是乡村里的贵人呢？

倒是出身鲁镇的鲁迅，最了解枣树的风骨，不自卑，不抗拒。"在我的后园，可以看见墙外有两株树，一株是枣树，还有一株也是枣树。"我喜欢这样的句子，将枣树的孤独，赤裸裸地描写出来，从寥寥数语可以看出，鲁迅是枣树的知音。

枣树有刺，开黄花，平凡至极，但它却是豫东平原尊贵的帝王，每年年关，家家户户便会将红枣洗净，女人在柳木的案板上，捏出出彩的面花，有鸟、花、草木，然后将红枣嵌入其中，做成豫东平原独有的面食——枣花。这不起眼的枣花，会准时敲开长辈的大门。如果你进入豫东平原长辈的茅屋，没有携带枣花，便会犯了乡间的大忌，你的无知，甚至会在三里五村流传开来。

枣和花生，也会在唢呐的掩盖下，进入大红的被子里。"早生贵子"的吉祥寓意躲在文化里，你不说，豫东平原知道，新娘知道，新郎知道。

槐树——豫东平原的乡愁

槐与"怀"同音，这是一种心怀大志的树木，它想占领贫穷的豫东平原。再说，豫东平原太孤独了，需要这样结实的肉身来填充茅屋的中空，你看，豫东平原的门窗、架子车及座椅都是槐树木质的。槐树，是豫东平原上一个丰满的词语。

在豫东平原上槐树居多，这体现了二十世纪七八十年代的生活观念，当时的生活还不太富裕，各家的家具都是自己手工做的，追求的是实用性，因此槐树结实的木质结构，就成为农家的首选。在这种思想的推动下，不能种庄稼的地方，以及家家户户的院落里，都栽上了这种树，一到春天，这些树都呈现出丰茂的色彩。

五月左右，槐花开始飘香，成为童年难以忘怀的记忆。直到现在，一提到槐花出现的不是浮现在脑海中的样子，而是飘在鼻尖的淡淡的清香。村庄被这白色的海洋覆盖了，这时候正是采蜜的最佳时节，采蜂人赶着蜂群驻扎下来，短短的半个月，蜂蜜成为很多家庭餐桌上的佳品。远望豫东平原，白色绵延不断，到了落蕊时分，地上一片雪白。

　　这槐树太现实了，现实到乡村骨头的深处，以至于纪弦在《一片槐树叶》中说："这是全世界最美的一片，最珍奇，最可贵的一片，而又是最使人伤心，最使人流泪的一片，薄薄的，干的，浅灰黄色的槐树叶。"这一片槐树叶最能代表乡愁，是别的树木无法替代的。

椿树——乡间的民谣

　　我喜欢故乡的童谣："椿树王，椿树王，你长粗，我长长，你长粗了当檩子，我长长了当栋梁。"我不记得母亲教给我这首歌谣时的神情，但我想多半是庄重的，因为这是唯一一首属于豫东平原的民谣，里面充满了对未来的期盼。

　　椿树分为两种，香椿树和臭椿树。香椿树虽然有一个"香"字，但那种怪味我还是无法忍受，偶然在书里阅读了关于香椿树的记载，才对它有了更深层次的了解。原来，香椿树又称"贡椿"，那一刻，我才知道，这片黄嫩的叶子，竟然在皇宫的御膳房内出现。蓦然，我又想起了豫东平原上的香椿树，想起香椿树上的嫩芽。

　　香椿树，让豫东平原上的人们多了饮食上的选择，可以用盐腌起来，等到冬天蔬菜紧缺时享用，也可入药，所以也是中药店抽屉里的一员。

　　臭椿树，古称"樗"，叶片有臭味，很明显，樗得名于"臭"，"椿"字又与"樗"字读音相近，是"樗"字读音发生变化后新造的字，所以这种"椿树"，又叫"臭树"或"臭椿树"。

这种树在庄子的《逍遥游》里出现过："惠子谓庄子曰：'吾有大树，人谓之樗。其大本臃肿而不中绳墨，其小枝拳曲而不中规矩。立之涂，匠者不顾。今子之言，大而无用，众所同去也。'庄子曰：'今子有大树，患其无用，何不树之于无何有之乡，广莫之野，彷徨乎无为其侧，逍遥乎寝卧其下。不夭斤斧，物无害者，无所可用，安所困苦哉！'"这无用的椿树，倒是逍遥地栖息在豫东平原的土地上，因为臭味让所有的树木退避三舍。

谁也想不到，这种树木上竟然会落下美丽的昆虫，豫东的民间称其为"蹦蹦猴"，我们常在树下捉这种昆虫，一下子按不住就"嘣"的一声逃走了。我想，这可能是椿树王的王妃吧，这院落中的椿树，独自称王很久了。

最近几年，椿树上莫名地生出许多蚕来，叶子被吃光了，地上落满了粪便，乡人很是不爽，一狠心，砍掉了这臭椿树，于是乡间的"蹦蹦猴"消失了，这乡间里的民谣也消失了。

桐树——悲情的引子

想起桐树，我想起了故乡的往事，有一个叫作蔡邕的文人。一天，他一个人坐在柴扉中，听邻居烧饭的炉膛内，柴火发出噼里啪拉的声响，他一跃而起，飞快地跑到邻家的灶房内，抓住那根烧焦的桐木往外猛拉，火星落了一地，也惊呆了那个朴素的邻家少妇，从此之后，空气里少了份桐木的烧焦气息，文化里多了份音律，一把名琴流传开来，美其名曰"焦尾琴"，能弹出高山流水般的音律。

桐树，可能在骨子里与悲情有关，这美丽的女子蔡文姬，这名贵的焦尾琴，都没能改变它悲剧的命运，凄凉的琴音一直在匈奴的草原上飘荡着。

也许因为蔡文姬的故事，在家乡，桐树并不受人待见，它多作为棺木。也许，在人活着的时候，这桐木的身躯，就已经被劈开并涂抹上暗红的颜色，只等待人闭眼的那一刻才被抬出来。棺木是挡寒的，是阴间的房子。

桐树，只是豫东平原上的一个引子，折射出乡村深处的文化自卑。

一棵树的编年史

一棵树,孤独地站在一片麦田里,品味着平原空旷的荒凉。它,用沉默的姿态,写出平原苦难的墓志铭。一棵树,是村庄的家谱,只要打开一棵树的内心,就会看见一圈圈疏密不一的年轮,上面是一部编年史:那年,黄河泛滥;那年,蝗虫蔽空;那年,天旱地渴。

一棵树的籍贯

它,有一个文雅的名字,叫作桐树。在《诗经》里,它是一个理想主义者:"凤凰鸣矣,于彼高冈,梧桐生矣,于彼朝阳。"它在此处,等待一个虚构的情节。

既然祖先开了个好头,让它一头扎在具有草木气息的《诗经》里,"孔雀东南飞,五里一徘徊",这悲剧的爱情,又让它承担起死亡的隐喻。到了后来,盛唐的桐树里飘出"垂绫乡姑饮清露,流响出疏桐"的蝉声,也自然躲不过它。这些足够证明它的家族是当地的名门望族,有着贵族范的风花雪月。

它，只能在"出生地"这一栏填上"豫东平原"，这里和旧都汴梁相距不过百里，也算享受过皇族的恩泽，但是一棵树，一棵桐树，一个在此地等待命运转折的理想主义者，显然希望走进东京汴梁的帷幕里，而不是在这里倾听乡村的鸡鸣狗叫。

它相信朴素的自然所带来的惬意，什么后现代主义的意识形态，都会被一棵树统统遮蔽掉，让阳光走进它的身体，让月色覆盖它的枝蔓。

它的性格有点分裂，一边拼了命地靠近天空，一边坚持不懈地钻进土地深处。这是多么矛盾哪，虚荣与沉默同在！根部的故乡被掩埋，顶部是繁华的城市，有鸟鸣，有桐花。高高的树干是一条高速公路，每天都传达着故乡的消息，例如东家的田地被工厂污染了，西家的土地被干旱搞垮了……

它喜欢夜色，唯有在夜晚才能安静地聆听世界。乡村的夜晚很丰满，没有灯光追赶。一棵棵树，像在夜色的宣纸上书写出来的草书。夜晚的墨汁慢慢地晕染开来，一笔一画、饱满、厚实、酣畅淋漓且不带任何杂质。

一棵树的简历

它，是一个干净的人，这里的人都知晓。它，空有一种理想主义的情结，看着周边的树木一个个被拦腰斩断，它只能静静地哭泣。这种安静的悲伤方式，是它另类的抒情，其中压抑的眼泪也只有它自己懂得。

乡下人对它不怎么感冒，认为站立的树只是死寂的草木而已，在他们眼中，这乡下的树木都是低贱的，都应该搬进茅屋空洞的内心里。这或许是它对人类最好的认识，通过一把木锯、一把刨子，人的虚伪、残忍，一一呈现，但是它想着以德报怨。

它和人一样孤独，沉默的人和沉默的树没有区别。灵魂被压抑在意识形态内，它知道，世界上它出身最清白，一片贫穷的土地，深埋着一些干旱的往事。一些人，经过它身边的时候，总是抬头看它，那安静的眼神里有艳羡。当初它羡慕村人，羡慕他们的自由，此刻，轮到他们羡慕自己了。

那些年，一些女人，经常在夜半时分，依靠在它的怀抱里痛哭，把它作为精神发泄的出口。有些人哭过后，一抹眼泪笑了，从此在凄苦的生活中坚强；有些人，越哭越绝望，一纵身，跃入它身边的老井里。它见证了人的脆弱，每当有人轻生的时候，它试图叫醒他们、拯救他们，但是他们沉溺于自我酝酿的情绪里，再也走不出来。它甚至想抛开自己的内心，让他们看看无心的树，内心是多么干净和硬实。

它，是一个善人，总是在盛夏的炉膛内深藏一片绿枝。那些年，它见证过太多的往事，月色下偷情的男女，把这野性的乡村盘活了。这小道上，拐杖敲击着干硬的土地，远处的男人，正在麦田里观看。有时，会从庄稼地里走出一个饱满的竹篮，肚子里满是偷窃的赃物，它想告诉他们，不劳而获的东西总是让人提心吊胆的，但是他们不懂一棵树的暗语，直到被警察带走，他们才明白一棵树干净的内心。如果我忘了些什么，匆忙中疏忽了曾经落在头顶的一滴雨或者掠过耳畔的一缕风，远处的那棵桐树便会提醒我。

一棵树，本该是这里的帝王，它比乡村里的炊烟要早一些。在祖先没来这里时，这棵树就活在这里，我们都是它的晚辈，不敢在它的面前流露出一丝不敬。后来，祖父在它的身边，栽了一棵小树，说是死后做一口棺材。

这棵树，承担了祖父死亡的遗言，祖父死后，这口棺材很漂亮，博得了一村的眼球。它欣慰地笑了。世界上，死亡和生存一样重要，这是它从人的内心里读出的语言。

一棵树的结局

一棵树，走向坟墓，把自己的过去杀死。死亡是重生的另一种姿态，它隐蔽了村庄所有的秘密，包括庄稼的呐喊、夜色的自我。一棵树，再也不想为一个人的遗言活了，它要走向另外一个地方，让布谷鸟的啼叫、夏蛙的乐音、秋虫的吟唱安静下来。

一棵树，死后会走向不同的地方，有些在坟墓里腐烂，这是最好的结局，因为能回归它来的地方。有些被解剖成木板，做成雕花的木具，如果年代足够久远，那么就可能被送给民俗博物馆，供后来者瞻仰。猛然一看，这种存在的方式似乎很体面，占据生活的高处，但是，它却不能过隐居般的生活，每天都在人们的目光中，战战兢兢地活着，被人评价它的好与坏，汗流浃背的样子，也实在无趣。

我喜欢一棵树，从干枯的那一天起，就顺着生活的方向奔跑，最好被一把锋利的斧头劈开干净的躯体，然后在贫穷的炉火内燃烧，最终炉子上飘出饭香的味道，这是一棵树死后最理想的选择，也是最好的超度方式。或者是，占据一个低矮的门槛，被生活的脚印践踏。最次的选择是蜗居一方黑暗之地，让冰凉的肉身腐化。

如果说，每一棵枯干的树都是一座坟墓，那么我们只要和坟墓为伍，便不会觉得死亡可怕。如果不能在一棵树的身上读懂生活，那么必然对死亡的真义得不到要领，甚至对形而上的修行感到不解。

有时候，会觉得生活是一个遗忘者，这棵树是谁留下的？要留下干什么？三代以外的孩子往往会对一棵树产生质疑，推测一个远古的谜团。

一棵树的编年史，其实就是一部乡村的编年史。

一棵树的编年史，其实就是一部死亡的编年史。

一棵树的编年史，其实就是一部怀念的编年史。

植物笔记

豫东平原，落满贫穷。土地深处，除了衍生饥饿、荒凉，还衍生翡翠绿似的田野。我，在一株植物面前静下心来，修禅、悟道，将它的普度众生搬往心头的寺庙，一个个慈眉善目的植物，将生活的苦瓦解！

毛毛根

那些年，我常常一个人在田野的深处寻觅，用缺吃少穿的目光翻阅田野的贫瘠，偶尔，看见远处一片绿色，疾走几步，便会发现一些嫩芽，先开花，后长叶，与大多数植物不同，形似尖锥，顶端绛红逐渐变绿，这絮状的白花，嫩嫩的，放到嘴里，舌舔即化。土里掩埋的那段则由嫩黄渐变为白。夏生白茸茸的花，至秋而枯，其根洁白，六月采之，剜开泥土，发现白色的根，用手捋净，便可放进嘴里大快朵颐。

这贫贱的植物，是豫东平原的私生子，一场风，就呈现出顽强的生命力，圈占了所有空白的土地，它们安静生长，让一些饥饿的胃不能安静，饥饿的世界里，人成了苦难的背景墙。

乡下人，一直就这样叫着它的小名——毛毛根。贫贱的植物好养活，不管经历了多少次的变故，毛毛根永远是土地上最亮眼的孩子。后来，我上学了，才知道它原来还有一个学名——白茅。在《本草正义》里说："白茅根，寒凉而味甚甘，能清血分之热，而不伤干燥，又不黏腻，故凉血而不虑其积瘀，以主吐衄呕血。泄降火逆，其效甚捷。"原来，我们这些乡下人，一直在贪婪地吃着一味泄火的中药，怪不得乡下人的身体总是健如黄牛呢！

后来，在《诗经》里发现这不起眼的毛毛根散发出文雅的气息——谷荻。很多书籍为它注释，譬如《本草纲目》："茅叶如矛，故谓之茅。其根牵连，故谓之茹。"《易》："拔茅连茹，是也。有数种：夏花者，为茅；秋花者，为菅，二物功用相近，而名谓不同。"《诗》："白华菅兮，白茅束兮。"

这哪里是乡野的毛毛根啊，分明是文字里的宠儿。但是，在乡野，毛毛根依然拖着卑贱之躯，从来不敢将远古《诗经》里的小姐脾气带入生活。野性的世界里，文雅便显得另类，不如毛毛根的低贱来得实在。

马齿苋

豫东平原，最不缺的就是马齿苋，那些饥饿的年月，这马齿苋可是救命的恩人，和树上的槐花、榆钱一起喂饱空空的胃。

在豫东平原上，凡是能够站得住脚的植物，多半有着一般植物比不上的优点。这满地的马齿苋，即使将它连根拔起，扔在一边，不久它还能生机勃勃地活着。喝了一肚子的水，即使一段时间不喝水，依然能够覆盖豫东的空旷。这马齿苋其实就是植物中的骆驼，耐渴性极佳。

马齿苋叶肥鲜嫩，用清水淘洗干净，凉拌蒸锅皆可。我常想，这饱满的植物怎么和马纠缠在一起呢？后来终于看出些门道来，这叶子像马的牙齿。我不喜欢吃这种野菜，吃的时候觉得有一股酸味，让饥饿的肚子更空，但是远在洛阳的河南老乡杜甫却最喜这植物，在《园官送菜》中写道："苦苣刺如针，马齿叶亦繁。青青嘉蔬色，埋没在中园。"我心想，这老乡怎么对马齿苋情有独钟呢？后来翻开他的简历，一生孤苦，半生漂泊，也许是这满野的马齿苋经常救济他那空空的米缸吧！

马齿苋，应该最具贫穷味，即使它肥嫩的长相迷惑了世界，但是作为豫东平原的乡下人，我知道，马齿苋的酸并不好吃，那只是饥饿下的不得已而为之。

读读顾城的《雨后》：

  一片水的平原

  一片沉寂

  千百种虫翅不再振响

  在马齿苋

  肿痛的土地上

  水虿追逐着颤动的波

  花瓣、润红、淡蓝

  苦苦地恋着断枝

> 浮沫在倒卖偷来的颜色
>
> 远远的小柳树
>
> 被粘住了头发
>
> 它第一次看见自己
>
> 为什么不快乐

都说顾城是童话诗人,可是他对于马齿苋并没有表现出童话的意味来。我觉得这样的顾城才是伟大的,他从骨子里真正懂得一种乡下植物,本来马齿苋就与高贵沾不上边,这一句"在马齿苋/肿痛的土地上",可谓一针见血地写出了平原上的贫寒味和苦难的痛感。

荠荠菜

上学的时候读到"春在溪头荠菜花",便觉得满眼的诗意,心想,我的老家要是能有这满山的荠菜花就好了,后来知道田间乡下有太多的荠荠菜,于是母亲采摘一些来,用这卑贱的荠荠菜包饺子,细品之下,颇觉美味。

豫东有歌谣云:"荠荠菜,包饺子,吧唧吧唧两碗吃。"可见这荠荠菜在故乡还是受人待见的,即使一些文学大家,也对它满是赞誉之词。宋代文豪苏轼是个"荠菜迷",他在诗中写道:"时绕麦田求野荠,强为僧舍煮山羹。"他还发明了名传四海以野荠为原料的"东坡羹"。诗人陆游品尝了"东坡羹"之后,吟诗道:"荠糁芳甘妙绝伦,啜来恍若在峨岷(峨岷指苏轼故乡)。"他们一起为这活着的荠荠菜书写传记,让这草木的卑贱之躯呈现出一种超越来，超越乡人对于野菜的认识，超越文人对于野菜的认识。

其实，小小的野生荠菜，有书写不完的风韵，入诗便觉得不再稀罕，更有清代诗人、画家郑板桥将荠菜入画，这留给人间的容颜是如此生动，哪里能看出"自小出野里"这等贫贱气息呢？且在画上题诗云："三春荠菜饶有味，九熟樱桃最有名。"将樱桃和荠荠菜连在一起，我顿时觉得自己对荠荠菜太轻视了，一个具有很高文化修养的人，竟然为微不足道的荠荠菜大写赞词，不能不说这是植物与人的平等。郑板桥将荠荠菜放到与人等高的位置，才有后世人对其书画的仰望，我悔恨自己骨子里根深蒂固的白眼。

说来惭愧，我就是《论语》里那个"四体不勤，五谷不分"的人，虽说身在乡野，但总是梦想着某一天能离开这贫穷的地方，从没有细心打量过这些野菜，甚至分不清荠荠菜和曲曲菜。

记得有一次，母亲将地里挖来的曲曲菜淘洗干净，我误以为是荠荠菜，第一口便觉得这野菜难以下咽，如此苦味还挤进野菜的园地里诱惑人？母亲看出了我的心思，说"良药苦口利于病"，这一口苦，和苦瓜如此相似，孤独而安静。

后来，我知道那野菜叫曲曲菜，便觉得自己距离它们太遥远了，分不清一些植物。人不应该与植物刻意保持距离，应该走进那一片土地深处，看它们满身的苦意，观看满地修行的野菜，才能在生活中分辨出一些细碎的东西。从曲曲菜的苦，才发觉荠荠菜的可爱，怪不得这孤独的植物，总会抓住人们肤浅的胃。

节节草

在昏黄的灯下，母亲一边缝补衣服，一边让我们猜谜："青竹竿，十八节，不结果，不长叶。"这节节草常将我们带入一个猜不透的迷宫里。人们往往对于较为了解的事物视而不见，这个谜底，母亲一直没说，直到我在河边看见这一丛节节草，顿时如醍醐灌顶。

明代李时珍称："此草有节，面糙涩。治木骨者，用之磋擦则光净，犹云木之贼也。"植物被称为贼的，未曾听说，可见世人对此误解已深。

古人并没有忘记这贫寒的植物，《嘉祐本草》载："木贼出秦、陇、华、成诸郡近水地。苗长尺许，丛生。每根一干，无花叶，寸寸有节，色青，凌冬不凋。四月采之，茎干糙涩。"李时珍描述木贼："丛丛直上，长者二三尺，状似凫茈苗及棕心草，而中空有节，又似麻黄茎而稍粗，无枝叶。"我觉得人这一辈子太复杂了，做一株节节草挺好，没有叶繁的修饰，没有果实的挂牵，心中空空，能将一些多余的东西放下。

节节草最讲究修行，像一个苦行僧，丢下木鱼、尘世。它，静立在河边，听河水对话，看云朵的白衣服。这草，亦草亦佛，没有人能说得清楚，但是，它一直与豫东平原上那些农人贫贱的姿态连在一起。

喜欢河南诗人蓝蓝的诗歌《节节草》：

> 正在滚滚的北风前赶路，当你
> 认出她旧时的嗓音
> 先是最后的，接着是
> 最初的

节节草，心空，但不代表没有故事。它最先被人发现的一定是一些假象，世人止步于此，然而用一颗修禅的心去发现，最初的声音如木鱼，如钟声，你说沉寂也好，悠然也罢，都是对于事物主观的看法。

节节草，在路上，一节节地丢弃肉身，最后剩下的，留给未参透的世人。

与蒿草为邻

米米蒿

豫东平原，村庄位于中心，四周多草木。

一个人，在明月半墙的日子，怀念一地的蒿草。

一阵风吹过，吹醒了这些熟睡的灵魂，它们开始用低贱的姿态，一寸寸占领平原内心的空旷。你看，这满地的嫩芽，让一村的女人、孩子挎起竹篮，走向田间阡陌。

俗话说："一月茵陈二月蒿，过完三月干柴烧。"蒿草需要趁着芽嫩及时采摘，然后做成豫东独特的饮食。

其实，说起豫东的蒿草，乡下人一直叫它"蒿蒿棵"，后来翻遍书籍，也不知道这蒿蒿棵属于哪一科目。一次偶然机会，得知这满地的"蒿蒿棵"竟然叫"米米蒿"，多么文雅的名字啊！

其实，对于"蒿蒿棵"，乡人一知半解，有些人把它与"抱娘蒿"相提并论，其实不是一种。《野菜谱》说："抱娘蒿，结根牢，解不散，如漆胶。"而麦地里的米米蒿独根独苗，很容易连根拔起。

米米蒿隐藏于麦下，躲过太阳的目光，安静地在豫东平原上吸收天地之灵气，日月之精华，见风而动，见日而长。米米蒿幼苗味苦，枝叶青翠，用热水焯后绿意更加盎然，放在白色的瓷盘里，便是一幅生动的乡野美食图。

儿时的豫东平原上，飘满了米米蒿的味道。闭眼，一股清香在鼻尖；张开眼，万丛绿中点点黄，很有诗意。花落果饱时，乡人将它归拢在一起，然后拿到油坊炸出黄色的油，这些油，滋润着我们的生活，让白开水似的日子圆润起来。

记得，那个时候的我，缺吃少穿，导致面色蜡黄，后来医生说我感染上了黄疸性肝炎，于是母亲从地里采摘一些蒿蒿棵，放在锅里熬成水。这一碗苦水入肚，我便慢慢地健康起来。母亲是个大字不识的人，却能把生活这本大书读得通透，让读死书的我顿觉汗颜。

我远走陕西，定居于陕北小城，在那个贫瘠的黄土原上，经常见到一些和米米蒿相似的野菜，粗看雷同，细看有别，后来从当地农人嘴里知道这种野菜叫"白蒿"。见白蒿想起豫东平原的米米蒿，这一地明晃晃的乡愁。

黄　蒿

说起黄蒿，我顿时觉得心生不满，这植物一般长在无人问津的角落，地里肯定不会让这植物存活，与庄稼争肥不说，这满身的异味便让人心生不爽。

你看，坑边、荒野，一棵棵黄蒿密密麻麻地挤在一起。小时候的我们，可谓被黄蒿的恶臭折磨得万分难受。放学后必须放羊，这是死命令，豫东平原上没有游手好闲的人，家长对待孩子也一贯如此。你看，一只只羊羔跃入黄蒿的深处，我们必须将它们赶出来，手上和衣服上全是这种恶臭味，走在路上，不需要风吹，乡下人必然知道我们被黄蒿拥抱过！

有时候，母亲为了包酵头，需要用那种宽而大的野生麻叶，让我们去野外寻找，我们只好钻进野地里，小心翼翼地避开黄蒿。我们在草丛中左闪右挪，甚是灵敏，但有时也会挂彩，导致一身恶臭味，让迎面而来的人快走几步，以便躲过这呛死人的恶臭气息。

但是，这黄蒿却是上好的药材，全草清热，祛风，止痒。这先不说，单说豫东平原生活的深处，总有一些低矮的坛子，里面存放着香气四溢的酱豆。豫东平原的酱豆，无论是色泽还是香味，都是其他地方比不了的，这其中的秘密就是在制作的过程中放了黄蒿。我们豫东俗称黄蒿为"捂酱棵"，光从名字就知道黄蒿的功用了。

据说，酱豆就是日本纳豆的前身，吃纳豆可以长寿，却不知这纳豆和豆豉早就在我们豫东平原上流传许久了。他们带走了这做酱豆的风俗，却没想到将这做酱豆的灵魂丢在了中国，他们轻视了那一身恶臭的黄蒿。

艾　蒿

五月初五，不仅仅属于屈原，还属于这满地的艾蒿，人们在门口悬挂蒿草、艾叶，只不过是为了"祛除"毒气和祈福。

试想，这贫贱之身的艾蒿，一夜之间被放到社稷、宗庙的供桌上，这贫贱的植物怎么就具有如此神性呢？我不知道答案，但是在乡村，艾蒿一直离神最近。

记得宋人孟元老的《东京梦华录》写道："自五月一日及端午前一日，卖桃、柳、葵花、蒲叶、佛道艾，次日家家铺陈于门首……又钉艾人于门上，士庶递相宴赏。"故乡位于东京汴梁的外围，不可能逃过艾草的笼罩。这天，祈福的人神情严肃，但是做生意的人，能及时地出现在繁华的街上。

这些暂且不说，但是我知道，端午这天，父亲会早早起来，在门窗下挂上艾蒿，顷刻之间，艾蒿散发出一丝丝的幽香，在院落里一点点散开。我们活在艾蒿的世界里，当时只知道这是一种习俗，后来才慢慢知道，这五月的习俗不仅为屈原而活，还隐藏着一个小心眼，那就是风俗背后的人。

夜晚，豫东平原是清幽的，一些老人坐在灯光里，灯光暗淡，但是老人凭借多年的经验，将干枯的艾蒿拧成草绳。这是老人用来抽旱烟的火镰子，剩余的草绳存放到来年蚊虫纷飞的季节，点着了，挂在门楣上，淡如薄雾的烟，瞬间让整个院子安静下来。

我们一群无事可干的孩子，还没有睡意，便拿着艾蒿追逐草丛之中明明灭灭的萤火虫。跑出了一身的热汗，最后在一盆艾草水里变干净了，洗过艾草的身子和母亲的微笑成为端午最好的画面。

蒿草家族

豫东平原的土地上，同窗读书的植物太多，一身青衣的米米蒿，黄袍加身的黄蒿，再加上喜欢在端午节的门槛上熟睡的艾蒿，它们一起撑起豫东平原的蒿草家族。

我喜欢"蒿莱织妾晨炊黍，隅落耕童夕放牛"的诗句，与豫东平原的乡野生活如此契合。这蒿草家族，再一次在密集的文字里活出了乡野味、桃源味。

坐在灯下，慢慢地整理关于蒿草的乡村简史，仿佛看到了那些植物的本性：简约而不浮华。

静心，顺着蒿草叶脉的纹理，找到了豫东的乡愁。

树的回忆

  我常想，故乡的树会不会想我？像我此刻想念远方的故乡一样？我想多半是会的。

  故乡的树，站在辽阔的土地上，沉默的样子，如同一位木讷的故人。一棵树，等待时光去揭开它内部的伤口，在那些卑微的伤口里，有流年的沉疴。

  窗外的院子里有两棵树，一棵是带刺的槐树，一身傲骨；另一棵是榆树，满身仁慈。它们虽然在地面上保持距离，但是心却在土层里连在一起。其实，没有一个人能了解一棵树，就像没有一个人，能真正读懂人类一样，我们眼中看似熟悉的事物，却总是延伸出肤浅的假象。

  一棵树比一个人有定力，它们在贫瘠的土地上隐忍着，并不会因为母亲的贫寒或丑陋而远走，而我们，却一而再再而三地伤害着养育我们的村庄。树却不会，一棵树会在夜半时分流泪，就像艾青《我爱这土地》里说的那样："为什么我的眼里常含泪水？因为我对这土地爱得深沉……"一棵树，爱上了土地，并且爱到骨子里，它的每一寸骨骼都有土地的影子。落叶归土，土掩埋着树根，就算干枯的树枝，一部分被农人捡去，送入土灶的炉膛内烧成草木灰，最后也要归还大地；另外的一部分虽在风雨中腐朽，最终也是归土。我相信，有些树和我一样，坚持着土葬和火葬，它们在烈火中寻找温暖，在土地上守候母亲。

如果一个人问我："世界上最美的颜色是什么？"我会毫不犹豫地说："白色和绿色。"刺槐举着白色的灯盏，招蜂引蝶，也招引我这样半大不小的孩子。将欲开未开的槐花摘了去，母亲用干枯的双手淘洗、拌面、上笼、蒸，一碗热腾腾的槐花蒸饭在乡村里书写温暖，整个村庄沸腾了，这里只有一望无际的白，只有一望无际的清香。

在刺槐的前面，总有一些绿色的影子引路，当满树的绿币在树上摇摆的时候，这个贫穷的世界竟然如此富有。一阵风，全是呼啦啦的摇钱声。深夜，总会有几棵树入梦，让隔壁的四爷在睡梦中发出笑声，四奶被惊醒，骂了一句"老东西"，又翻身睡下。

这干净的白和头顶的蓝天相呼应，偶尔落下几只飞鸟，在树叶间假寐，眯着眼偷看人间的饥饿。这满树的绿，赶走了生活的灰色。榆树的叶子青涩，似乎不宜下锅，但母亲总会在干完农活后，在路边的榆树上顺手摘几把鲜嫩的榆树叶，一锅面，泛出一些绿影。榆树厚厚的皮，是属于上辈的口粮，祖父吃过，父亲吃过，都说那是美味佳肴，我没有口福，没有机会去品味生活中的苦难。我不想破坏一棵树的安宁，更不想揭开一棵树的内心。

一棵刺槐，总能在城隍庙里安身，也许只有这样干硬的木质，才能经得起岁月的推敲。试想，那些疏松的泡桐，浮肿得太快，没几年就胖出了啤酒肚。虚的事物，终究耐不住风霜，在岁月的侵袭下，腐烂和生虫在所难免。急性子的心，多半违背事物发展的平心静气，反观静心修炼的刺槐，总能一寸寸地修行，它不艳羡那些虚胖的树，只用一身结实的肌肉，去展示一棵树的美，它一点点地成长，终于读懂了世间的梵音，与神相拥，在它的周围满是祈福的跪拜声。

我始终相信，在豫东的土地上，乡人有两个母亲，一个给予他肉身，让其成为独立于母体的生命体，然后肉身开始在这个世界上感受寒冷，感受饥饿，感受世态炎凉；另一个母亲是树，是榆槐用头顶的果实喂养豫东的人。试想，如果没有这样的植物母亲，又该有多少翻新的坟茔啊！这些植物将自己裸露在他们面前，让他们伤害，让他们索取，而后隐藏眼泪，在冬天里缝合伤口。

一个人，在世间累了，总会想要寻找一方安静的草堂栖身，我觉得天下再也没有比榆槐更安静的草堂了！

树，是不可思议的事物，它清白，懂人情味，它会对着一片瓦忏悔，那是它在雨中扫出的一片乡间的瓦，即使它被风雨的暴力所挟持，但是它依然有一颗透明的草木之心。我们看到一棵树的落寞，其实那是人类的落寞，是乡村内部的落寞。它代替人类拒绝寒风，拒绝风霜。

我们坐在树下，不会对一朵落下的槐花悲叹，因为它已经落下，而我们在怒放的路上行走。

一棵树，用叶子传达情绪，青色的苦，只有牛知晓。人远离树叶，远离树的内心，这是多么可悲的事情。这些青叶的文字，总是留给乡间一两声牛的叫声。秋尽叶黄，一些黄叶被乡间的竹篮带走，撒向牛圈、羊圈。我知道，寒木在高处看自己远走的孩子被牛羊欺凌，只能在看不见的地方哭泣。

槐花被乡人带进城里，它们羞涩地躲在篮子里。你看，这些乡下人，在城市里感觉如此陌生和胆怯，嘴里的叫卖声一声比一声低哑。那些长在城市里的乡下人，将覆盖的布掀开，看见槐花，如同见了亲人。里面有我这样的人，我不知道这些槐花是否认出了我，我想，多半会认出的，因为我的身上土味还没散去，它们会想起我在泥土里笨拙行走的样子。

每次在地里劳作，我总是被父母远远地甩在后面。有时候，我会一个人在黄昏下，看树下的蚂蚁搬家。这些树开始议论我，议论人心的好坏，议论人心的挑剔。

一棵树，在故乡里坚守，而我却逃往城市；

一棵树，将简约的内心修饰得枝繁叶茂；

一棵树，会记得我洁白的屁股和汗津津的身子，那是乡村的童年，也是榆、槐的童年。我同它一起生长，走着走着，却走向事物的两极——树木更安静，我却更浮躁。一棵榆树，会记得村西饿死的女人，马上就开花了，马上就有活路了，这些饱满的榆钱就可以当饭了，她却等不到了，胃里太空了，没有一粒米，没有榆树的青叶子，她走了，夹着一些生活的暗疾走向彼岸。

每次说起树，就会想起那些大雪封门的新年，雪越下越大，夜越来越浓，我在树的身上贴满"春光满院"的对联，但是这豫东的土地上哪有春天的影子呢？

我想，这雪一定将春天挡在了门外。我站在门口迎接它，门前点燃的红灯笼、红鞭炮、红对联，这些喜庆的中国红在这干净的雪中，像一位害羞的新娘，但是树木呢？树木是孤独的，找不到另一棵可以谈心的亲戚。

三十年一晃而过，我在陕北小城结婚生子，远离家乡的那棵树。我想，它一定在门口独自坚守着豫东土地上透心的寒冷。

我的亲人们，在相隔多年以后，仍会将生活的细节写出来，我满脸沧桑的皱纹对着暗褐色的树干表达歉意。乡下，会有一些钉子钉入树干。我知道，在天晴的日子里，这肉身牵引的线索会搭出悬空的绳子，上面飘满了陈旧的衣服和破烂的旧被。

一棵树，想念它远走的孩子；

一棵树，等待我的肉身返乡；

一棵树，渴望我的灵魂潜入。

故乡"草"书

草 赋

先于春风而来的,是一些干净的青黄

他们静默地守护着温暖

剔除北风的恶,一心向善,节节攀爬

他们没有革命,清一色的草民面孔

为自由让路,偶尔会有一两粒硬骨头的种子

和流放的西风为伴

在他地做草民不做顺民,不清高、不献媚

头颅内的思想像熟透的种子

一颗一颗嵌入大地

布道,诵经,转运

渴望一粒火,清空浮躁

> 还世界一片草色
>
> 安静，自由
>
> ——题记

梭梭草

炎炎烈日，只有梭梭草坚强地挺立着，你瞧，周围植物那阔大的叶子低头哈腰的样子，像极了鲁迅笔下的奴隶。梭梭草是土地上的王，至少此刻是，不管你承不承认，它都像夸父，奔走在干旱的路上，天气越热，梭梭草也笑得越灿烂！

玉米地、棉花地里满是这种草，驱逐不散，让乡人愁眉不展。豫东的世界里，满是绞杀梭梭草的身影。乡人觉得这种草最是无情，对庄稼的影响最大。豫东的乡村里，上至白发老人，下至幼小孩童，都视梭梭草为心腹之患。这种草，即使从地里挖出根，放在一边，只需要一场雨，又会重新复活，于是乡人总是将梭梭草放在干硬的路面上，那里见不到一点土气，能让它在日头下暴晒，直至死亡。

没有文化的乡人，哪里知道这梭梭草还有一个文雅的名字呢？它原名"莎草"，又称香头草、回头青、雀头香，始载于《名医别录》，列为中品。《唐本草》始称香附子。《本草纲目》列入草部芳草类，名"莎草香附子"，并云："莎叶如老韭叶而硬，光泽有剑脊棱，五六月中抽一茎，三棱中空，茎端复出数叶。开青花成穗如黍，中有细子，其根有须。须下结子一二枚，转相延生，子上有细黑毛，大者如羊枣而两头尖。采得燎去毛，曝干货之。"来到中药店，抽屉里竟然藏着这贼眉鼠眼的梭梭草的果实，上面标着雅名——香附子，真是让乡人笑掉大牙。

唐代诗人陈羽在《过栎阳山谿》中写道："众草穿沙芳色齐，踏莎行草过春谿。闲云相引上山去，人到山头云却低。"这人见人烦的梭梭草，竟然以一种春意浓浓的形式出现在文字里。芳色、春谿，多让人陶醉啊，乡人一定觉得这是一个无聊的文人，不知道耕种的苦。

这还不说，在宋词里竟然存在"踏莎行"的词牌名，据考证，与这乡野贫贱的梭梭草有关。据说，寇準在暮春之日和友人去郊外踏青，于是作了一首新词，名为"踏莎行"。"踏莎行"中的"莎"字读suō，指莎草，亦称"香附子"，是一种多年生草本植物。这不说的是梭梭草吗？原来，我们念错这个词牌名已经很久了！这梭梭草，让我辈顿时低矮下来，误读汉字的中国人，里面还有一个来自乡村的我。

梭梭草，用坚硬的叶子将人间的肤浅刺透，还是静下心来读些书吧！

甜蜜豆

提起笔，写道："静下心来，细读豫东平原／忘记推土机的喧嚣／卧坐木质的摇椅／在屋檐下沉思，不必刻意寻找／泥土间的往事就会破土而出／先揭开一层绿／再剥去一层黄／最后在干缩的内心里／开出漫天紫星星／像前生遗忘的流云／自然落下。"一口气将乡间的甜蜜豆描绘出来，像描述一个远走他乡多年的故人。

那些年，总是在甜蜜豆的身边蹭来蹭去，希望这紫葡萄站满枝条，然后将它们放在嘴里,一丝丝的甜,让我们觉得乡间除了苦,还有另一种味道。当时我们虽然不说,但是都知道在乡野的荒凉处,有紫星星一样的东西吸引着我们。

乡下的蚊虫最是厉害,一不小心就满身是包。这时候,母亲总是将甜蜜豆的叶子摘下来,放在手里揉一下,再展开,然后贴在蚊虫咬过的地方,奇痒很快就会消除,我暗想,这乡野的甜蜜豆怎能如此神奇?

后来,我查了资料,《本草纲目》上面写道:"开小白花,五出黄蕊,结子正圆,大如五味子,上有小蒂,数颗同缀,其味酸。中有细子,亦如茄子之子,但生青熟黑者为龙葵,生青熟赤者为龙珠功用。"原来这种植物叫作龙葵,多霸气的名字。

《本草纲目》上说其苗:"味苦,微甘,滑寒,无毒。主治:食之解劳少睡,去虚热肿,治风,补益男子元气,妇人败血。消热散血,压丹石毒宜食之。"怪不得这植物能够将生活中的伤口强行按在文字里。

这种植物的叶和茎都很苦。每次下地割草,母亲总是嘱咐我们不要割这种草,牛羊不吃,牛羊不爱的东西人类自然也不会爱,只有在需要它的药用功能时,人们才屁颠屁颠地去寻找这学名叫作龙葵的植物。

它刻意和人保持距离,就这样孤独地站在天地间,雨水亲吻过,白露覆盖过,可是,在它孤独的内心,还幻想着某一天走进城市的中药房里,像我们这些远走的人,起码用华丽的外衣裹住满身的土气。以至于多年后,人们只识龙葵草,不识甜蜜豆。

甜蜜豆,和我一样,在城里,再也找不到一点土气。

甜蜜豆,我代人类,向你道歉!

苍　耳

我知道苍耳在《诗经》里出现过,《周南·卷耳》中写道:"采采卷耳,不盈倾筐。嗟我怀人,寘彼周行。"据说这卷耳就是苍耳,但是,故乡的苍耳叫作蒺藜狗子,果实带刺,像小刺猬一样,我一直怀疑这苍耳和卷耳是不是一种植物。

《博物志》载:"洛中有人驱羊入蜀,胡枲子多刺,粘缀羊毛,遂至中国。"这就清楚多了,这些就是苍耳啊!

汪曾祺在回忆故乡的草木时,说得极为形象,称为"万把钩",令人见之不忘,但是我的故乡,远非江南的高邮,而是豫东的草儿垛,这里是杞风的发源地,这蒺藜狗子的粗俗叫法,可以看出它与乡间的狗联系甚密。你想,这狗在植物间穿梭,身上一定沾满了苍耳的种子,不知道哪一个爱开玩笑的乡人,一句蒺藜狗子将它定格下来,这样也好,可以随狗到处传播,来年,一地的蒺藜狗子。

翻开书本,古人说苍耳的极多,李白的"不惜翠云裘,遂为苍耳欺",有酒的地方就有李白,但是多了这些蒺藜狗子。杜甫的"卷耳况疗风,童儿且时摘"我最能理解,饥饿和多病,永远是老杜人生的二重奏,苍耳是中药,自然会进入老杜的茅屋。

豫东的人们只知道它是蒺藜狗子,但是不知道它叫苍耳。仍记得我六岁那年,祖父进城去看病,医生用牛皮纸包了些中药,祖父像捧着自己的命一样,小心翼翼地将其带回家,一打开,祖父就大骂医生昏庸,因为其中就有蒺藜狗子。祖父不相信豫东土地上这些无人问津的蒺藜狗子能治他的病,于是也没将苍耳放在心上。

在乡野的土地上,苍耳孤独地不和人类对话,它知道,自己卑微的草木之身很难被人看得起。它们忍受着这种误解,站在空旷的土地上看远处的树,看头顶的云与飞鸟。

它,静立中原,读懂了天地之心,唯有沉默,才能谅解一切。

七七芽

我喜欢这样的称呼,凡与"七"有关的事物总是好的,譬如七夕、七仙女,这样的事物都是深藏在心里的一种童话。

在豫东,还有人将七七芽写成萋萋芽,一个萋萋,将草木的茂盛之心顿现,譬如"葛之覃兮,施于中谷,维叶萋萋""晴川历历汉阳树,芳草萋萋鹦鹉洲",又如"萋萋巫峡云,楚客莫留恩""卷图烈日忽遮藏,天半萋萋野云起",以及"袭春服之萋萋兮,接游车之辚辚""掩萋萋之众色,挺袅袅之修茎"。

居住在开封城的周定王,竟然称萋萋菜为"刺蓟菜",为何将豫东的野草冠以河北地名的雅称,让人百思不得其解。周定王说,萋萋芽"采嫩苗叶炸熟,水浸淘净,油盐调食,甚美"。这满是尖刺的叶子能入人肠胃,真是不可思议。这七七芽的身世布满谜团。

豫东的七七芽是一种野草,头顶开紫花,叶子边缘满是刺,让人避之。我们常常将七七芽的花朵放在嘴里咀嚼,吐出一地的红,像血液,身子坚挺,然后直直地倒下。不知道实情的,还以为我们得了什么怪病,慌忙叫来村人,没想到我们是那说"狼来了"的孩子，一场虚惊，皆大欢喜。

七七芽，它独自在中原站立，用孤独的影子寻找悲悯。

我，却在七七芽的身上，洒满了流水的光阴。每念及此，总觉得童年多了些鹅黄的色泽，是七七芽让我的童年逃脱灰色的暗影。

那时，我一个人放牛和羊，对着七七芽说话，用七七芽检验童真的谎言。村里人常骗我说，我是母亲在南地捡来的。我误以为真，为了证明母亲是否真的在意我，就用七七芽刺穿生活中的谎言。

七七芽，在豫东的土地上，一次次读着日暮和月色。

我也在七七芽身上，读着生活。

孤独的白菜

一棵白菜，生在伏天，长在寒秋，死在寒冬。这潦草的一生，可谓短暂。古人常讥笑蜉蝣早生晚死，夏蝉不知春秋，这白菜与它们相比，也好不到哪儿去，但是白菜淡泊名利，抱着从容淡定的心态过日子。

白菜自从种下的那一刻，就注定苦难与孤独。

我们看齐白石的画，总会在白菜的周围找到一只只活生生的蟋蟀，以为蟋蟀和白菜和谐相生，其实熟知乡间生活的人都知道，蟋蟀和蝼蛄是白菜的天敌，刚钻出地面的白菜芽最怕蟋蟀糟蹋。这吟唱乡愁的蟋蟀，并没有因为唱出远游的歌谣而得到乡人的谅解，他们恨死了这偷嘴的蟋蟀和蝼蛄。

三伏天，人们躲在树荫下纳凉，唯有这白菜孤独地站在野外，它努力伸展叶子，希望自己的叶子能够覆盖中原的贫穷。其实，谁也想不到，这渴望伸展的身体，从小就在太阳下打开。可是，等到秋风一起，这豫东平原的风带来刺骨的冷，它逐渐抱紧身子。

看到白菜，我想起了人生。中年时代的远游，终于摆脱故乡的贫穷，但是到了晚年，心里总觉得空落落的，客居他乡的人希望落叶归根，这时候不需要衣锦还乡，只需要闻闻故乡的泥土味，闻闻这满地的白菜味即可。

白菜从生到死，经历了无数次被动的选择，每一个选择都足以致命。我记得小时候，农户家的院子里会多开辟一片菜园。入秋，白菜胖大的叶子铺得满院子都是，每天中午，父母会在白菜中间挑选一些瘦弱的下锅，这样一层层地选拔，留到最后的多是长势繁茂的，它们在院子里孤独地看着农家院子的寒碜，看着农家小户是怎么节省地过日子。

如果公鸡误入菜园，就会造成灾难，它们将白菜的叶子啄出大小不一的圆孔，远远望去，叶子烂得不忍直视。可是白菜忍着疼痛，在内心长出一些新的希望，它们一丝丝地放大，慢慢地变得苍绿和肥厚，白菜知道故乡寒冬的菜肴全在这片土地上，如果自己过早地放弃生长，那么农家的贫瘠又会多几分。

豫东平原的白菜到处都是，院子里、自留地里，"莲花兜上草虫鸣，处处村庄白菜生"，说得是何等贴切啊！也许在荒凉的豫东平原上，唯有白菜为乡村挣得一丝颜面。一场风，叶落干净，唯有白菜蹲在地上，抱紧自己，让寒风失望而走。

在孤灯下，与白菜相伴，真是乐何如哉！翻开书，发现白菜并不呆板，各具形态。"晚白菜肥蚕出火，冬青花落燕成家。"这是南方的白菜吧，它一定被汪曾祺嚼过菜根。"此圃何其窄，于侬已自华。看人浇白菜，分水及黄花。"这是杨万里的白菜，多么悠闲的心态啊，一个人看农夫挑水浇白菜，我想那颤悠悠的木桶一定留下了一道湿湿的水痕。"猿栖晓树青藤瘦，雀啄冬畦白菜稀。"这白菜多少有些消瘦了，鸟雀在地里啄食，那农家呢，一定在捆绑稻草人吧。有了稻草人，鸟雀便能安静下来。

古人的东西才谈得上有味道，今人的种种都着实粗俗简陋。现在的人吃白菜多是胡乱地吃，一点儿意思也没有。

《齐书》里记载了一个故事，周颙隐居在钟山，文惠太子问他："菜食里什么味道最胜？"

周颙答曰："春初早韭，秋末晚菘。""菘"，即白菜，这晚秋的大白菜和早春的韭菜独占鳌头啊。

朱敦儒喜食白菜，那是在品味生活，你看"先生馋病老难医。赤米餍晨炊。自种畦中白菜，腌成瓮里黄虀。肥葱细点，香油慢焰，汤饼如丝。早晚一杯无害，神仙九转休痴"。这白菜一打开，满是生活的味道，里面隐藏着柴米油盐酱醋茶。多么干净的白菜啊！除了生活，什么都不渴求。老百姓喜欢的是白菜里隐藏的实在，而皇帝喜欢白菜又是因为什么呢？清朝道光皇帝有诗《晚菘》曰："采摘逢秋末，充盘本窖藏。根曾滋雨露，叶久任冰霜。举筯甘盈齿，加餐液润肠。谁与知此味，清趣惬周郎。"说明皇帝也吃大白菜，而且喜欢吃，这吃惯山珍海味的人，终于回归简朴了。

当然，豫东平原的人家都是贫苦的，他们是不得已而为之，只有白菜不辜负乡人，如果乡间如果没有白菜，那么我不敢想象冬天应该如何度过。只要冬天的田野里站满孤独的白菜，乡人心里就有底气，白菜的生死，也像人的生死一样，都是一种自然的寂灭。我难忘白菜在冷风中发抖的样子，天越冷，它们将身子抱得越紧，全身牢牢的，很结实，如石头一样坚硬。冬天来了，或者是一场冬雪，白菜就得与泥土道别，离开土壤，否则就会成为冻菜。

我认为白菜是百菜之王。在北方，再也没有比白菜更受重视的蔬菜了，人们把白菜从地里搬运到村庄的院落里，在院子里挖开一个坑，将白菜一棵棵码整齐，然后用土封严，过了年，锅里也有了绿意。

我喜欢孤独而苍凉的白菜，它的身姿，让我想起母亲，母亲常常将心思抱紧，每次打电话从不向我们诉说委屈和不顺，只是说家里的好。白菜活着活着，就活到了烈风的背后；母亲活着活着，就活成了孤独的人，母亲像白菜一样把自己栽进故乡。

白菜虽然卑贱，但是从不自卑，挺起身子。无论在何时，它都抱紧一颗干净的心，一层一层地打开白菜，里面是干净的叶子。它从不向乡村妥协，孤独地活在冬天里，也许，寒冬唯一生长的就是白菜。

读到董桥的一篇文章《萝卜白菜的意识》，有这样一段话："张大千画过一幅萝卜白菜，题了石涛一首七绝：'冷淡生涯本业儒，家贫休厌食无鱼；菜根切莫多油煮，留点青灯教子书！'绿缨红头的萝卜、鲜嫩青翠的白菜，此处已成寒士操守的象征，配上那首诗，风骨自是越发峥嵘了。"想想故乡的白菜，觉得它们配得上这个说法。

乡村的冬天，靠白菜养生。你看，院子的坛里满是泡菜，吃饭的时候，围着炉火，吃着晚菘，是多么惬意的事情。我在锦州上学时，满大街的白菜，街道上满地堆积，我不喜欢这样对待白菜。只有在豫东平原的乡村，白菜才会被农人像神一样供着，父亲一次次计算白菜的数目，收成不好的年份，母亲便会将一顿饭的白菜节省成两顿饭来吃。

一些富贵之家，家里常常供着翡翠白菜，他们只知"发财"的俗意，不懂这翡翠白菜还有一个深藏的寓意，这寓意齐白石最懂。齐白石生于"糠菜半年粮"的穷人家，念念不忘"先人三代咬其根"，认为"菜根香处最相思"，常以青白菜谐"清白"之音。对，这清白之气，才是白菜的本心啊！许多人一说起齐白石，脑中浮现的是齐白石的虾，其实白菜也是他笔下另一个活生生的风物。里面还隐藏着一件趣事，有一年，齐白石听到门外吆喝卖白菜的声音，便坐不住了，非得用自己画的白菜去换人家的大白菜，结果被人臭骂一顿，老先生灰溜溜地走了。这是老先生的童真所在，将画中白菜看成生命之白菜。

　　故乡的白菜，自然没有齐白石那样的趣事，但是故乡的白菜，却是如此尊贵，被父亲枯瘦的手，一遍遍地抚摩，它清白的叶子，也让故乡变得如此清白。

　　在他乡，我也是一棵孤独的白菜，我也紧紧地抱着自己。

质朴的萝卜

　　以前读《红楼梦》，总觉得书中的文字很文雅，一股文人气息，可是自从刘姥姥进大观园以后，这风气变了，读到刘姥姥的牙牌令："中间'三四'绿配红——大火烧了毛毛虫。右边'幺四'真好看———个萝卜一头蒜。"顿时哑然失笑。

　　萝卜之风，其实是君子之风，故乡人最为知晓。"头伏萝卜二伏芥，过了三伏种白菜。"萝卜经受了酷暑，也得到锤炼，它充实地过完三伏就走向寒秋了。三伏天里，故乡的人蔫了，狗也蔫了，唯有萝卜枝叶繁茂，唱着远古的歌谣："采葑采菲，无以下体。"葑是大头菜，菲则指我们熟知的白萝卜。

　　也许，最常见到的事物总是被人轻视，萝卜在故乡最被人看不起，认为它只是一个傻大个，整天沉默。没有文化的故乡人哪里知道，这沉默的萝卜在远古的邶地，早就被人写进《诗经》里了。

　　在豫东平原上，乡人总会开辟出一方菜园，里面种满白菜和萝卜。我想，在庐山脚下的陶潜是否也种萝卜？不种萝卜的隐士，不是真的归隐，种萝卜其实是种一种心情，一地悠然和无欲。

父亲是一个粗人，识字不多，但是却总能种出好萝卜来。文人写文，要字斟句酌，农人种地也一样，需要精耕细作，父亲将土地打理平整后，才小心翼翼种上萝卜。这片土地，是父亲手里最好的宣纸，父亲熟悉这土地的秉性，某个地方凹，爱积水，某个地方凸，留不住水，都影响着萝卜的长势。

种植萝卜的人，是在书写一种古典的情怀。有时候，父亲累了，也会叉着腰歇息，他望着远方，看豫东平原的空旷。常年伺候土地，把土地当成自己的孩子，但是地熟了，人却老了，拿不起锄头和耧的父亲，总是想着自己年轻时，布鞋上沾满厚厚的泥巴的样子。

豫东的菜园看似平静，其深处也充满了优胜劣汰，畦中撒籽，苗出之后，瘦弱者、过密处的萝卜苗均要剔除。但是乡人剔除萝卜幼苗不会过早，等到萝卜一地青绿时，乡人才将多余的部分剔除、洗净，加些油盐酱醋，这是萝卜献给农人的第一盘青蔬。

故乡的萝卜，非经寒霜而不可食用。霜前的萝卜，多呈现出苦味；霜后的萝卜，生发甜意。这故乡的贱骨头，必须经受寒霜的敲打，才能品味出人生苦旅。

萝卜长着长着就变了样，土下的部分如玉般白亮，土上的部分却绿得可爱。也许这萝卜看透了人生，刻意隐藏自己干净的内心，只不过它们将土地当成坚固的房子，没想到背后的一双手比土地还要世俗。它们刻意让土上的部分蒙蔽世俗的灰尘，给世人一种入乡随俗的假象，但是骨子里决不向人类妥协。

在故乡，每一个人都有两个名字。大名是留给家谱，留给官方的；小名是留给村庄，留给民间的。萝卜也一样，"萝卜"只是它的小名而已，村人一声声地叫着"萝卜"，像叫着自己的儿子一样亲切。而那些不常见的学名，譬如菲、莱菔、芦菔、罗服、萝蔔、土酥等，早已被人淡忘。正如一个远走他乡的人，回到故乡问自己故友的大名，村人多半茫然，唯有一些上了年岁的人才能记起此人是二狗子，于是乡人哑然失笑，还说得文绉绉的，原来是二狗子。

喜读汪曾祺先生的散文，只不过为了那文中诱人的美食而已。故乡的萝卜同样也被乡人记住了一些烹食的方法。年关之际，母亲总是将萝卜切成细丁，然后和在面里，准备一锅滚油，顺着锅而下，美其名曰"萝卜丸子小人参"。萝卜的叶子，晒成干菜，冬天就可以包萝卜叶包子，有时候和晒干的槐花拌在一起，总之，故乡的干菜里，有萝卜的一席之地。

故乡的萝卜，白心被我们戏称为"质本洁"，紫心被我们戏称为"心里美"，它们在寒秋中站着，像一个守望乡关的老人。萝卜对于故乡，充满了现实主义情结。其实在唐朝，我们的老乡杜甫也在诗歌里写萝卜，不知道那时的老乡是否还在孤独的路上。

乡人时常一把将萝卜从地里拔出，用萝卜缨子擦掉泥土，然后大快朵颐。这种青白相间的萝卜够味，够辣。但是这个吃法太流氓气，文人是不会这样吃的。阮葵生《茶余客话》中说李安溪："每秋冬夜永，饱餐炳炬摊书，断生萝卜寸许者满置大盂，每精诣深思时，辄停笔尝一两寸，尽盂乃就寝。"这夜读的文人，居然把萝卜当成盘中餐，文字、萝卜，也和灯盏、书本连在了一起。

记载萝卜吃法的文章太多了，袁子才的《随园食单·小菜单》："有侯尼，能（用萝卜）制为鲞，煎片如蝴蝶，长至丈许，连翩不断，亦一奇也。"这样的文章不胜枚举，包括苏轼都对萝卜青睐有加，著名的"东坡羹"就是萝卜熬制而成。陆游《入蜀记》记录了农人有萝卜不给，反而请他吃萝卜缨的过程："三日，自入沌（鄂州西），食无菜。是日，始得菘及芦菔，然不肯剧根，皆刈叶而已。"这苦命的陆游，同样是与萝卜结缘，苏轼坐在桌前，细细品味，而陆游坐在饭桌前，大口吃着萝卜缨子。

自从把萝卜从地里拔出来，它就居无定所了，一些被送进菜市场，在寒风中瑟瑟发抖，等待说着豫东方言的故人将它们领回家。留下的，是比较幸运的，挖坑，运土，深埋。留下的萝卜，其实在过着一种简约的生活，每天都是白菜萝卜的日子，唯有豫东平原较为常见。

如今，我怀念故乡的萝卜，它们蕴含乡愁，从故乡的庭院里走出。我知道，在豫东的平原上，一个叫作草儿垛的村庄，庭院的一角，一定有一条看不见的河流。

我是一根故乡的萝卜，在城市的寒冬里走动，身上落满了雪。

植物书

贫苦的豫东平原，土地荒凉。母亲退守到田园内部，长成植物一样的人，向阳，有一颗素心，虽不念佛，但是总能适时地悟道。母亲在贫困的土屋内，用枯瘦的手缝制植物书。

玉 米

以玉的名誉欺人，无非是想抬高身价，借以在贫寒的生活中占据高处。美其名曰高贵的米，但实质是美洲移植的一种贫寒植物。玉米自从进入豫东平原以后，大面积笼罩着贫寒的土地，也许，这样的土地、这样的环境不适合这样的学名，母亲一直叫它棒子或者玉蜀黍。玉蜀黍只点明它的所属科目，还是不符合豫东乡村贫瘠的现实，玉和蜀都与贫寒气息相差太远，倒是这棒子的诨名，带有乡村的野气，还给日闲的人以无尽的联想。

记得小时候，祖母常年卧病在床，家贫的我们，只能求助于一些乡村的土药方，比如将玉米须煮熟入药。我经常背着母亲，偷喝母亲熬制的红褐色液体，那种微甜的滋味，一直深入我简单的味觉里。后来，我无意间得知这乡野的小物件，竟然是药书中的一味，顿时佩服起母亲的伟大来，她斗大的字不识一个，却能将玉米解剖到细微处，不放过乡村隐藏的任何一个细节。

玉米，总是在生活中呈现出一种阳性，我乐意这样形容它，因为在炎热的夏季，它越过蝉的叫声，让烦躁的声响，夹带着叶子沙沙的摇摆声，这种声响是夏天最美妙的声音，叶子摇摆得也厉害，日子也就过得惬意。母亲一遍又一遍，在田地里聆听，聆听着这摆脱贫苦的声响。远古豫东平原干旱的图景和蝗灾，将人逼得吃树叶、树皮、野菜，这可怕的代代口述的往事，吓坏了母亲，唯有听见这摇摆的民间风语，母亲才能感知饥饿的生活所呈现的温饱感。玉米一天天地在田野上拔节生长，叶片一天天地变绿，总有一些青黄色的玉米须变成粉色，然后风干成黑色。母亲督促父亲，让他拿出南墙下生锈的锛头，然后在粗糙的石块上打磨成耀眼的亮色。

父亲在乡村的原野上，拧下玉米高昂的头颅，母亲将这些金黄的玉米装上车，然后堆积在院子的一角。当玉米秸围严漏风的土院墙时，玉米彻底围住了一年的生活。这些玉米秸是牛羊的草料，母亲能够从玉米苍黄的颜色里，读出牛羊的渴望，但是她总会将玉米分割开，分配成一年里的温饱日子。父亲拿着铡刀，母亲蹲在地上，用枯瘦的手，将玉米的身躯送到锋利的铁器下。

秋天的院落里，满是母亲的艺术品，南墙下那一串串玉米辫子，在日光下格外耀眼。这些亮色，会隐藏生活中很多生疼的骨头和饱满的往事。那年的旧伤，今年的新伤，谁能更加清晰地表达生活？

也许寒冬中有一盏灯，有一双干枯的手，在安静的夜里，发出不安静的声音。当一个个玉米被枯瘦的手剥光身子时，我们的生活便有滋有味起来。饥饿的生活，会出现金黄色的棒子面，那种黏糊糊的感觉，让缺吃少穿的我们，觉得日子更像日子。

麦 子

很喜欢海子的《麦子》："吃麦子长大的人/在月亮下端着大碗/碗内的月亮/和麦子/一直没有声响。"我是一个吃着麦子长大的人，母亲也是一个吃着麦子长大的人，我们手上的碗，一定是个粗瓷的海碗，这才符合生命粗犷的气息。"看麦子时我睡在地里/月亮照我如一口井/家乡的风/家乡的云/收聚翅膀/睡在我的双肩。"这场景如豫东平原六月的麦地，满地金黄色。

新年过后，麦子便在和煦的阳光下苏醒，它先于树木和鸟声，和田间的野草一起撑起原野生命的奔跑，麦子拔节、抽穗、扬花，预示着六月的麦芒，快要穿透豫东平原的身体。当麦子长出青绿色的麦芒时，母亲便会将稠密的麦穗割去一些，用最简单的方式来见证豫东的风俗。"过了五月节，解馋吃燎麦，家家户户比着香，谁都不笑谁的鼻嘴黑。"母亲将豫东的麦子放在火上，上下左右地翻动，等到这些麦子散发出麦香时，母亲便会拿来簸箕，将这些黑色的麦子摊在上面揉起来，皮揉去后，剩下豫东平原无尽的欢笑。母亲也会清理一下我家那口沉默的磨盘，然后将麦子饱满的肉身碾出白色的"碾转"（豫东一种食品），这个时候，我家漏风的小院里常常堆满乡人，一口石磨，拉近了彼此的距离。

当麦子熟透的时候，男人们将镰刀磨亮，女人们将做饭的本事拿出来，六月的麦子是最累人的，女人们熟知麦田的本性，因此在锅里额外加了滴油，男人们在香气四溢的海碗里，找到了日子，他们身后的麦地，一片又一片被放倒。田野很快被搬空，这些金色的麦垛，在打麦场上遥相呼应，谁家的麦垛最大，会成为饭间谈论的热点，父亲会赶来牛，母亲在麦场里用笤帚轻扫，麦子成堆地立在贫穷的土地上。

"打了新麦磨面头一箩，擀顿面条孝公婆。"母亲总是将新麦的头箩面，及时地送到祖母的桌子上，母亲在新面里，读懂豫东乡村隐藏的伦理。乡土中国无非是人情的中国，孔子可以不敬，神仙也可以不敬，但人情是要有的，伦理紧紧地绑住母亲，更紧紧地绑住豫东民间人性的淳朴。面是麦子重生的涅槃，熟悉麦子习性的母亲，总是能将它变出花样，譬如，白净的馒头、劲道的面条、爽口的面鱼、飘香的油泡。在这片并不富裕的土地上。一些面总能让生活开出花朵，乡村妇女的智慧在面粉里生成、集结。

麦田，落满豫东的风，这些风演变成日渐成熟的习俗。去掉六月金黄的麦芒，让颤抖的词汇远离，让饥饿的胃远离。

棉　花

棉花是豫东乡村最重的词汇，它植根于生活。在豫东平原上，一切远离生活的词汇，总是轻飘飘的。

白色的棉花，其实是一种黑色幽默，在一片盛开的世界，黑色的棉桃咧开嘴，唱出最安静的歌谣——我的肉身，正在路上。

寒冬中空的内心里，一定有洁白的云朵，这云朵就是棉花，它虽然在秋末炸开身体，但会在寒冬的北风中，取代原来干硬的生活质地，将陈年的棉絮取走,将这些雪白盛开的花朵,填充在土布的衣服中。正如河南作家冯杰说的那样:"世上只有一种可以让我穿在身上的花,那就是棉花。"

棉花圈占中原的时候,我看到一场干净的白。这场白,经历白霜,经历寒露,但是总会在日渐寒冷的冬天消融,它演变成乡村最美的童谣。棉花通常会演绎出不一样的日子,它们在纺车上、织布机上慢慢地进入我们的夜晚。

油灯下,总会有一些影子,他们或缝补衣服,或织布。生活的温度,顺着夜晚的灯光蔓延开来,然而在幽静的夜晚,鸡和狗都闭上了嘴,只有那纺车的声音,在夜色里扩散。这乡村的童谣,有贫苦人家的味道,母亲能根据声响的快慢,判断出日子的好坏,如果是急促的,定然有一群需要土布裹身的孩子。熟悉乡村的人,能通过夜晚的声音,读出乡村的味道。客居的人,永远也无法参透其中的真意。这些声响,会准时响起,从不间断,让缺少童谣的我们有了另类歌谣。

我喜欢苏轼"江东贾客木棉裘,会散金山月满楼"的句子,木棉填充的内心是柔软的。那柔软的土布,是棉花一种质朴的转化;生活的温度,是母亲的手织出来的。一种土白色,一排对襟盘扣,成为豫东平原上最具标志性的衣服,这种简约到极致的颜色,是一种释放欲望的行径,将渴望色彩的心,淡化成随遇而安的淡然。这不是一种超越吗?

收棉花的商贩,会踩着晨曦的光,在幽静的村庄里吆喝起来,这乡村的声音,是多么诱人,它将一切嘈杂的东西摒除。看,远处,村庄沿路的土房子前,一排歪歪扭扭的字体,呈现出任性的姿态,这些乡村的书者,将"轧花"写得如此招摇。我和母亲,一个蹲在地上装棉籽,一个往袋子里装棉花,头发上、眉毛上都沾满白色的棉絮。

棉花的秸秆，也并非一无是处，把它装进黝黑的灶膛内点燃，就会呈现出一些生活的颜色。有时候，我们会将这些凌乱的枝丫削去，将这些笔直的躯干用麻绳交叉串起，织成坚固的簸（豫东晾晒东西的用品），然后在上面晾晒干菜。

棉花的一生，其实就是一部生活史，它能够将苦难的生活串联起来。

植物日志

豫东平原上,乡人的生活围绕着味觉展开。然而,在故乡的生活深处,总是散布着一些别样的事物。

蒜——荤菜

《说文解字》中说:"蒜,荤菜。"很多人可能将此话误认为蒜被划分为肉类的范畴,其实这是对蒜的误解。佛家戒荤,不是说佛家排斥肉类,而是说佛家戒食一些具有刺激性气味的食物,譬如大葱、蒜。佛家讲究日常的饮食,其实是为了传教与交流,吃了刺激性气味的东西,与人交流便多了些隔阂。在印度的佛教里,最初是不戒肉食的,只是传到了中国,这佛教里多了不杀生的仁慈之心,于是戒荤成为中国佛教里的重要教义。

那么,回归到蒜的本身,这荤菜主要指刺激性气味。《尔雅》中记载:"大蒜为葫,小蒜为蒜。"蒜有大小之分,我不甚了解,我只知道故乡的蒜被称为大蒜,严格意义上说,只能称为葫,那么小蒜到底是什么呢?豫东平原上找不到小蒜的影子，后来远走陕西，在延安洛川小城，见到小蒜——类似于野葱一样的植物，是当地农人喜食的野菜。

故乡的大地上，蒜随处可见。金黄的麦浪躲在历史的文字里，此刻的故乡，弥漫着一股刺鼻的味道。也许，从故乡经过的异乡人，都会对这味道产生反感，但是谁会想到，这些刺鼻的味道经过乡人反复翻晒，最后被车运往远处的城市，当你家厨房里散发着蒜香的味道时，不知道你是否想到豫东平原刺鼻的大蒜味。

母亲总是教育我说，故乡人对蒜顶礼膜拜，蒜从播种到收获，乡人不知道磕过多少头。是啊，熟悉乡村生活的我，眼前浮现出这样的场景：满地翻新的泥土，母亲跪在地上挪动着，手里的蒜瓣飞快地栽进地里。收割时节，父母仍然跪在地上，一颗颗地从地下剜出。这一步一跪拜，让乡村的蒜，享受着虔诚的仪式。

蒜刚从地里面剜出来时，水分极多，母亲常把这些水分极多的蒜清洗干净，放在筐子里。然后用力摇晃，让它们激烈碰撞，直到它们身上伤痕累累，蒜瓣也变得稀软，这时母亲就将这些剥好的蒜，撒上调料，然后放在塑料布上扎紧，直到出味为止。

豫东平原的土地上，生长着蒜，乡人便开始变着花样研究蒜的吃法。泡蒜是一种最常见的食物，将这些蒜清洗干净，放在缸内腌制，醋和糖的多少依照口味而定。故乡的泡蒜以酸为主，直到远走陕西之后，在羊肉泡馍的小店内，看见一盘如此亲切的泡蒜，一下子让我想起母亲来，但是吃上一口，便发觉陕西的泡蒜以甜为主，和故乡的泡蒜只是形似而已。

腊八蒜在豫东平原称为"绿蒜"，因其碧绿通透。腊八到，意味着新年在不远处等着归人。"腊八，祭灶，新年来到。"腊八，人们将剥皮的蒜瓣放进坛子里，里面浇上些醋即可。可是有些人泡出的腊八蒜总是泛白，让人一看就没有胃口。我时常在想，同样的蒜，同样的坛子，做出的蒜颜色为什么如此不一样。

村里的四爷已经上了年龄，他不关心地里的庄稼了，只是喜好腊八蒜，他做的腊八蒜，被乡人认为是正宗的腊八蒜。他告诉我，做腊八蒜的诀窍在于两样很常见的东西：一样是大葱，一样是菠菜。原来，腊八蒜迷雾的背后，躺着被人轻视的蔬菜。

姐姐远嫁豫鲁交界的小镇，每年春节归来时，总是念叨腊八蒜的好，丰盛的饭桌上，总有一盘碧绿的腊八蒜放在最显眼的位置。我知道，这一盘腊八蒜，是给姐姐准备的，是远走他乡的一种念想。

母亲无论多么忙，都要抽出时间腌制一坛子腊八蒜。这蒜里留下乡村童年的味道，以至于我们这些远走的人，想着家乡那碧绿的颜色。

姜——书本

故乡的姜很质朴，个头不大，但是辣到好处。这些姜，怎么看都不像一个具有神话色彩的植物。

翻开书本发现这样的记载，相传，"生姜"是神农氏发现并命名的。

一次，神农氏在山上采药，误食了一种毒蘑菇，肚子疼得像刀割一样，吃什么药都无法止痛，就这样，他晕倒在一棵树下。等他慢慢苏醒过来时，发现自己躺的地方有一丛尖叶子发出浓浓的青草香，闻一闻，头不晕，胸也不闷了。原来是它的气味使自己苏醒过来的。于是，神农氏顺手拔了一兜，拿了一块根放在嘴里嚼，又香又辣又清凉。过了一会儿，肚子里咕噜咕噜地响，排泄过后，身体好了。他想："这种草能起死回生，我要给它取个好名字。"因为神农姓姜，就把这尖叶草取名"生姜"。这神话传说美化了生姜，也让生姜带着神话的光环走进厨房。

豫东平原上，姜分为两种，一种是生姜，另一种是洋姜。两种植物具有不同的秉性，洋姜性格温和，散发甜味，像一个邻家的姑娘；生姜性格火辣，气味刺鼻，像一个叉腰骂街的泼妇。

其实，这两种姜是故乡的两本厚重的书，一本书上写满饥饿，一本书上写满苦难。那些年，豫东平原贫穷至极，各种灾难将乡亲推向饥饿，多亏这野生的洋姜在田野里蓬发，乡亲们挖出这白白的家伙，丝丝甜意顺着胃而下，填饱了肚子，生活便有了活路。

生姜是一种药，乡亲们遇到头疼脑热、伤风感冒之类的毛病，常用民间的土方治疗。熬一大碗姜汤，味道虽不好，但是捏着鼻子也得灌下，再盖上厚厚的被子，捂出一身汗，对着天空连打几个痛快的喷嚏，病就好了。

我记得有一年，村里不知怎么就流行起种姜来，种了一望无际的姜。但是，乡人的跟风行为显然影响了市场走向，那年的姜价格极其便宜。我记得父亲拉着架子车，一车的生姜，我在后面吃力地推着，到了镇上，市场上的姜被压价，满车的姜，换来五块钱，有些人赌气地将满车的生姜倒在路边的河里。这故乡的人，总是被一些看不见的东西捉弄，一季的收成，居然以这样的形式结束。我想，如果将豫东平原上的日常生活翻拍成纪实片，一定是荒诞主义的成分居多。

故乡有句俗话叫作"冬吃萝卜夏吃姜，不用医生开药方"，翻开医书，无论是《本草纲目》还是《千金方》，对姜药理效用的描述大体相同："姜味辛、气微温。"夏天天气炎热，人们喜食冷物，胃内易积寒，姜为热物，食之可祛寒气，也许，这故乡的人，一直在医术上行走。

　　其实，姜的功用，在文人身上早就记载清楚了，孔圣人在《论语》中说过："不撤姜食，不多食。"他的长寿与爱吃姜有多大关系有待探究，但是多吃姜的习惯绝对有助于长寿。看看这首打油诗："一斤生姜半斤枣，二两白盐三两草。丁香沉香各半两，四两茴香一处捣。煎也好，点也好，修合此药胜如宝。每日清晨饮一杯，一生容颜都不老。"这白开水似的语言，你能猜到是苏轼的文字吗？那个宋代的文豪居然有这样浅显的时刻，姜与文字，都被文人涂抹得如此富有生活气息。在乡下，每一个人都对姜刮目相看，他们知道，厨房之内，必定有姜隐士。

　　我不知道北宋时代的豫东平原上，苏轼是否也像在黄州一样开辟出一片耕地，里面种上些繁茂的姜。

第二辑 动物映象

牛，乡村的书简

在豫东平原上，牛和草、树一样，都是打开乡村世界的窗口，我们尝试用另一种方式，去理解乡村世界的粗枝大叶。

牛入古诗，成了乡村诗意的承载者，"牧童归去横牛背，短笛无腔信口吹"的诗句，我觉得意境比"牧童遥指杏花村"更悠然些，牧童横斜，柳笛信然，让牛和乡村的血液融合在一起。坐在牛背上的牧童，无形中隐藏在春天里，隐藏在文化的文字里，一打开满是牛略显粗犷的呼吸。乡村的土坡上，常常有人生的暗影，那里有一片泥土的乡愁。譬如像我这样的远行人，常会在夜半的月光或者是昏黄的灯下，将故乡再次拉到幻想中来。那时的我，将瘦弱的身躯托付给牛，和牛一起描绘春色的图画，这成为我坚实的人生背景，而牛一直在思乡的文字里潜行。

土坡的弧度里，弥漫着青草味，牛和人在一片茵茵的青绿中寻找。我看着一头牛纯净的眼睛就像看到了我自己，那瞳孔里有干净的云朵、湛蓝的天空。我无法忘记牛的眼睛，那种大而鼓的瞳孔，照亮了乡村一些内在的文化。从审美的角度来说，牛的眼睛大而圆，长长的睫毛，忽闪忽闪的样子，美到让人类汗颜。居然有这么一种生灵，长着妩媚的眼睛，把人类比得黯然失色。我一遍遍地对牛说话，希望把干净的乡村存放在牛的眼睛里，将眼前现实的暗色和心灵的纯净浸润在草色、牛声，以及一切与牛有关的片段里。我不知道，牛是否也能在我浑浊的眼睛里寻找到它自己。

其实，牛明净的眼睛里，有一些看不见的文字，忠诚浮于表面，悲情沉于心底。我们常常会被牛忠诚的眼睛蒙蔽，看不见那种擦拭不去的悲苦，也许这种悲苦只适合林黛玉那种娇滴滴的小女人，与牛的笨拙和高大相差太远，但是一切生活的表象都掩盖不住生活苦难的本义，没有一片湖水可以洗净牛眼里隐藏的悲苦。

我对世界的认识，从无边的草色开始，这满地的草色被牛掠去然后装进胃里，或者草色会被镰刀杀戮，然后堆放在架子车上，存放在院外的空地上，这庭院里弥漫着的干草香，与牛在寒冬里的挣扎有着纠缠不清的联系。

一头牛，是乡村的菩提，指引我走向无边的野，走向有限的静。一头牛，被一片青青草色所包围，它用一种吃的方式来认知这个世界。一遍遍地吃，一遍遍观察这户外的旷野，用陈旧的胃去揭开隐藏在春天内部的光芒；或者是一遍遍地吃，用石槽里的麦草或者是麸子的多少来丈量乡人的温饱。这可爱的牛，用自己的身体代替人类在土地里奔跑，毫不夸张地说，乡村的每一寸土地上都保留着牛的味道，可是这麦子的颗粒被石磨拐走，留下一些麦皮来填补饥饿的胃，但它依然不抱怨，用忠诚的目光与人类并立。

牛，常常躲在生活里，用一种别样的方式去查阅生活的温度，用一次次苦难抵达事物的本质，与乡村达成一种秘而不宣的内在契合。它们在规则下活着。为了规则，人类用一缕草香将其按在牛棚的角落里，然后用乡间烧红的铁器刺穿稚嫩的鼻孔，将铁环穿进鼻孔，算是对牛有了约束。像孙悟空头上多了道紧箍咒，不服管教的时候只需轻轻一拉，这疼痛便会让它消了倔强。这还不算，还会在它的嘴上套上笼头，防止这不开眼的牛啃了庄稼。甚至，在农忙时分，有沉重的鞭影落在牛的身上，这疼被生活最后的饱满色彩所掩盖，皆大欢喜的年末是人与牛求和的唯一方式。

我喜欢"但寻牛矢觅归路，家在牛栏西复西"的诗句，大俗即大雅，苏轼用牛屎引领人走向乡村的温情。乡村的牛粪，是一种接地气的陈述，它是干净的、原始的，不仅没有恶臭的气息，似乎还有淡淡的草的清香，面对着质朴的牛粪，我突然写下："在乡村的贫苦里，居然有牛粪的财富。"是啊，青草在胃里消化一半，便被匆忙排出体外，你看，那青草残留的枝干还完整无缺。牛粪干了，便成了乡村最温暖的风物，一群人蹲在地上，点燃牛粪取暖，围火而居的乡间便温暖了。我一直认为不懂牛粪气息的人，一定写不出接近自然、生命的文字。

牛，曾经和我一起度过孤独和恐惧。在豫东的乡间，牛屋是生活的重要部分，每一家都会圈一围土墙，盖些干枯的玉米秸秆当作屋顶，这简易的牛棚，是我躲避夜色的地方。那些年，父亲外出挣钱，常年在河北做工，母亲在农忙时节常常干农活到夜色朦胧，当漆黑的夜晚填满我家院落的时候，无尽的恐惧开始围着我，我就跑进牛棚里，和牛在孤独中对望，将人类内心深处的恐惧暴露出来。直至多年以后，我都不敢对一头牛高声呵斥，因为它手里有我小时候胆怯的把柄。

在乡村的土路上、巷道里，会留下牛的蹄印，这也许是乡村最质朴的素描，或者说是乡村最笨拙的印章。牛留给世界唯一的谜语便是这看不懂的文字，需要用乡村的泥土来解码，这些年来，越来越多的人对此视而不见，他们用青草喂养黄牛，只是为了将乡下的新鲜气息搬运到城市里，然后分割在每一家的餐桌上。

汉语里有"乌鸦反哺"的说法，但我更喜欢"舐犊情深"的深意，这一进一出的情感，让生命的境界有了天壤之别。面对牛的付出，我时常觉得人类的虚伪，有时为一些琐碎的事务斤斤计较，把亲情搁在围城之外。

"不管我活着，还是我死去。我都是一只牛虻，快乐地飞来飞去。"第一次有人将牛虻写得如此坦然，中国自诩为文明古国，并且骨子里烙上农耕文化的痕迹，这农耕的世界居然缺乏对于牛虻的容忍，没人想起这个飞翔的小生灵。

我记得，小时候我总是看黄牛用尾巴将牛虻赶来赶去，于是我也会拿起布鞋将贪婪的牛虻拍死，这举动源于对牛的喜爱，常常以这样一颗滚烫的心打破人与牛的界限，让我对于乡间的一些黄色、细密的毛发心生亲近，以一种和善的姿态去亲近它们。

牛，是乡村的一面镜子，可以照出青草，照出我饥饿的童年。我将自己和牛绑定，每一个黄昏的落日里，我和它们一同寻找豫东平原上树的新叶，一同寻找干草。

那个时代的乡村，其实就是一部牛的编年史，用平原上的荒草将牛的往事编织起来，躲在他乡的远游人一遍遍地翻阅，一遍又一遍地将乡村的牛书读旧，将乡村的牛简读破。

狗这一辈子

一张狗皮

一张狗皮挂在南墙上，它的毛发，被岁月浸染成苦难的颜色。

后来，北风太过凌厉，乡人就将一张张狗皮做成了挡寒的棉袄。这一张张狗皮，色彩斑斓地趴在人的身上，让乡人背着它们满胡同乱跑。

一张张狗皮，将乡人与北风隔绝，但是这些背着狗皮的老人时常蹲在墙角下，晒冬天的几米阳光。狗皮做的棉袄，由于经久不翻新，上面便会油腻腻的一片。在我的童年里，我常看见那些老人一个个蹲在地上，背靠着干草垛，眯着眼在狗皮棉袄上面逮虱子，满是"啪啪"挤虱子的声音。

蒲松龄的《聊斋志异》满是动物习气，其中就有关于狗的赞歌，一篇《义犬》将狗与强盗联系起来，闪亮的狗性和卑鄙的人性一同弥漫在文字里，在荒诞的鬼狐故事中，我们找到了狗的诗意。记得我读巴金的《小狗包弟》时，便觉得世界的荒唐与人性的黑暗在一只狗面前表现得淋漓尽致。我觉得，那时的的语言。一只狗的眼睛里，有白雪般的洁净，有春天蓝色的云朵。在一只狗的面前，我领悟到佛意，那里有自己的前生今世，有自己不曾遗忘的童年。一只狗，指引着世俗的心走向清澈的水域，抑或是春天盛开的更深处。

陶潜是隐士，他笔下的狗也富有诗意的情怀："狗吠深巷中，鸡鸣桑树颠。"说得多么富有田园味啊！狗躲在人看不见的地方，让狗吠叫醒这个宁静的夜晚。

喜欢读刘亮程的散文，他的散文有生命的痛感，他说狗这一辈子，太聪明不行，太老实也不行。我常想，这世间的狗一个个都在学阮籍，一个个在装傻，一个个在逃避被屠杀的宿命。

狗能轻易读懂人间的世态炎凉，只是不说而已，它知道如何在故乡的世界里敷衍人类、隐藏自己。

狗老了以后，便会变得寡言。常躲在狗窝里，开始知天命。听秋月下虫子吟唱思乡的句子，这虫吟声，被流水的月色所覆盖。月光顺着透风的瓦缝照进屋内，月光流过高飞的檐角。狗，看着月光，像看一个干净的婴儿。

狗最怕盛夏，那时，它总是安静地趴在地上，舌头伸出老长，喘着气。它在蝉声里等待蛙声，如果蛙声响起，意味着有一场痛快淋漓的雨将浇下来。狗看着天上翻滚的乌云，看一片白色的羽箭落在地上。

这一场雨，很是及时，它缓解了夏天的所有痛，狗从盛夏的威逼中恢复了尊严。

一只狗，会在夜色苍茫里，等待安静下来的日子。

篱笆、女人和狗

我喜欢，乡村一些鲜活的元素，譬如篱笆、女人和狗，这些看似风马牛不相及，却将乡村最真实的图景串联起来。

篱　笆

豫东平原缺山少水，干巴到了极点，唯有这一抹篱笆围绕的绿色将乡村的意境打开，乡村终归像个乡村了。这些灰暗的木质栅栏，经受了岁月漫长的欺凌，已不见当年鲜活的模样。

植物绿色的枝蔓，总会掩盖一些生活的底色，它们将灰色的生活装点成新绿，我喜欢"篱笆疏疏一径深，树头花落未成阴"的诗句，这留白的文字里，含有说不尽的风雅。青青的篱笆墙，是乡愁最浓的地方，也许墙角下那牵牛花，总能吹出思乡的旧乐。

小时候，读狄金森的《篱笆那边》颇感有趣，这神经质的女人怎么会有偷窥的心理呢？后来，读的书多了，便觉得我和她不在一个层次思考，中间隔着锁，这是乡村干净的体现。

她们在集市上转悠着，一会儿看看布料，一会儿看看生活用品，带着满足的笑意空手而归，买不买在其次，关键是在集市上游玩了一回。

乡村女人的身份是多维度的，随着季节的变化，她们的身份也就不同。譬如秋忙时分，地里的棉花开出白云般的花絮，她们就是拾棉花的女人。她们将地里的棉花摘回家里，倒在篱笆墙的庭院内，在夜灯的照耀下，一直忙到北斗星变了方向。

农闲时分，村口的石磨便围满了人，这些女人你一句我一句，乡村一下子就沸腾了，乡村的麦粒，在女人的笑声中变成细白的面粉，然后占据乡村的灶台。

乡村的女人，没有固定的身份，她们顺着河水站立，用手里的棒槌，将衣服捣得"啪啪"作响，自然就成了洗衣服的豫东妇女。

有时候，在东方微白时，她们早已在老井上摇着辘轳，也就成了摇辘轳的女人。

狗

"有狗的地方就有江湖。"这是乡村的格言，狗往往在争斗中成为尊贵者。狗的地位，是在搏斗中树立的，这是一个野蛮的种族。而文明的种族，总是鄙视残杀与争斗。

一些人，可以从酒后的姿态看出人性。狗也一样，它们不会隐藏锋芒，总是将锋利的牙齿，留给同类和不请自来的人。有些狗，总是在一片狗吠中安静下来；有些狗，总是默默地站起来，默默地行走，默默地扑向路过的人，这种安静的狗最为可怕。

我喜欢在黑夜里和狗对话，狗的一双眼睛，总会在灯光下温和起来。狗的眼睛，其实是一双透明的世界，一些欲望和争斗，总是藏在眼睛里。有些狗，一辈子都没有走出篱笆墙。这样的狗，它们的世界很小，它易于满足；一些狗，从小就奔跑在乡村里，这样的狗便多了世俗气。

有的狗很容易背叛旧主。其实狗需要的东西不多，一个干硬的馒头就能让它变节，但是狗的变节，充其量就是从一个主人投奔另一个主人，不会引来战争与杀戮。因为，狗的思维是直线型的。

狗像一个思想家，总是望着天空发呆。它在黑暗和光明中游走，很难分辨黑夜和白天的深度。一条狗，被一条链子套住，就会陷入不可名状的孤独中。豫东平原是一片安静的土地，这里的男人出走总是无声无息，一些狗，总是为见不到主人而发出不快的吠声。

狗不是外人，这是乡人的共识。一些人也不会避讳狗的存在，狗可以自由地在乡村中奔跑。早晨会跟在早起的女人身后，晚上会蜷缩在温暖的狗窝里。

人，总是被一些特殊的方式叫醒。被鸡鸣叫醒的人，往往是一些好胜心极强的人，他们踏着晨曦，在庄稼地里忙碌；被狗叫醒的人，往往是一些得过且过的人，他们把豫东平原当作一个生活的棋盘，无论怎么努力都是一盘和棋，因为最后，灵魂都会装进那个石制的墓穴里；一些被人叫醒的人，是一群被日子推着走的人，他们的人生，被庄稼绑定，一步一步地跟在植物后面。

也许，许多人不懂狗吠声，但是我懂。

一些狗，围着时间奔跑，在年老之际，终于明白自己的渺小和卑贱，于是变得懒散起来，对于远来的外乡人也冷漠了，对于柴门外的脚步声也不上心了。它们知道，人类也随着年老而变得和蔼起来。

动物映象

蛇——神秘与性

夜色，漫了上来。一切都安静了，唯有几声狗吠，打乱了乡村的安静。

一个人，躺在乡村的木床上，睡意全无。这次归乡，其实是为了一条蛇。此时，一条蛇，钻入我的记忆。

那条蛇，总是莫名其妙地入梦，噬咬我凌乱的思绪，将我记忆里那些渐远的旅行一口口吞没。

那年，六岁的我放学回家，打开堂屋门，看见一条蛇，安详地盘踞在屋内。我吓得哇的一声，哭着跑出门。从此一条蛇，在我的生活里挥散不去。我只记得那条蛇，黑花的身子，头顶有些黄斑，吐着长长的芯子，让人心生恐惧。

第二天，它仍和昨日一样盘踞在堂屋内。父亲小心翼翼地捉住它，将它放在篮子里，蒙上一块红布，把它放生在远处的地里。乡村对于蛇，永远怀有一种尊敬。在十二生肖里,蛇被乡人尊称为小龙,和龙具有同等的地位。村人不伤害它,坚信它身上有灵异力量。在乡村看见一条蛇,乡人总是躲避着。

但是,乡村的孩子可不管这些,他们骨子里的恶作剧将蛇伤害得很深,他们专门逮蛇,取胆,烧一堆火,烘烤蛇,然后吃鲜美的肉。

我是个胆小的人,一个人看到蛇本很恐惧,但是混在孩子中间,也狐假虎威了,学着他们的样子,提着蛇的尾巴抖动。

每到中午,我们都在村子里逮蛇,我们身上的杀气,让蛇躲了起来。整个村庄一条蛇都没碰见,便觉索然无味。后来,大家商量,偷偷去了东地里的废砖窑。那废砖窑有些年头了,倾斜的样子让人害怕,父母告诫孩子不要去那里。

这天,我们偷偷地溜到那里,我们猜想,那废旧的砖头下,一定有很多蛇。刚一探头,就看到一对男女,男子的姿态,像一条蛇,盘踞在我的心里。

这条蛇,钻进我的心里,导致我再也无法平静。潜意识里的白日梦开始苏醒,男人心里都隐藏着一条蛇。对于女人,原本是模糊的,此刻,却让一个少年的懵懂彻底沸腾。

这女孩,是我的邻家女孩,花一样的年龄,如水的肌肤,紫葡萄般的眼睛,配上一对酒窝,一直住在一个少年意识的城堡里。但是此刻,我忽然觉得人生的纯洁度没了。

直到此刻,我仍无法忘记,那女孩惊恐的眼睛,像一只受伤的鹿。她胡乱地套上衣服,飞一般跑了,留下这个男人,瞪着我们。

后来,村里就弥漫着色情味了。本来是孩子们质朴的表述,可是到了大人嘴里,就流出恶毒的话语来。

这一年，村庄再也没有安静过。女孩的家人和村支书闹了几场，村支书的腰再也挺不起来。一年后，女孩在人们的鄙视里，嫁到了远方。

对于蛇，我有了新的认识，一条蛇，只能吓到一个人，但人心里的那条蛇是可怕的，一不小心会毁掉一个人。

西方神话故事的蛇多与性欲有关，一条蛇，引诱亚当夏娃，从此一直在受难。乡村的蛇，本是安静的，但是经过世人的舌头，便变成蛇的红芯子，吐出恶毒的语言，让过错放大。

刺猬——孤独与疼

在乡下，一提到刺猬，人们就会提起多年前的那件事。

那时，风还温和，天还蓝得耀眼，乡村的河堤上，会跑出刺猬。远处，一个十八岁的少年有着白净的脸，下巴刚冒出胡须。他望着远方，心里如火掠过，鲜红的大学通知书放着，可是这学费怎么筹呢？

一个姑娘在他的身边安慰他，思索了好久，一跺脚，说："刺猬哥，你去吧！我进城挣钱养你。"

从此，命运像两条前行的河流，一个在大学里风花雪月；一个在餐馆里起早贪黑。

四年时间，让一个少年变得势利。学问，在一些人眼里，是值得尊重的词，但对于刺猬来说，它是个贬义词，一沾上它，自己就变得缥缈起来，觉得自己是城里人，开始厌恶土地。

有的人，一旦有了学问，心就变坏了，就得让乡间传承已久的既定规则，面临新的挑战。

在乡下人眼里，刺猬和枫叶定过亲后就稳妥了，枫叶放弃了去省城求学，让刺猬背负着她的梦，走向一个新的生活。

四年时间，在同一片土地上成长起来的两小无猜终被一片浮夸的风吹散。刺猬开始嫌弃枫叶土气，但又离不开枫叶的资助，他用枫叶的钱，把自己伪装成城里人。

我突然想起萨特的话：我们是两只孤独的刺猬，远了怕冷，近了又互相伤害。一只乡下的刺猬走进城里，思想就脱离了土味，再也听不得乡村的琐碎。女人嘴里的兴奋点，譬如东家的猪、西家的狗，在他的心里变得俗不可耐，他梦想着浪漫电影和咖啡。

枫叶下班后，去校园找刺猬，发现他和一个时髦的女人抱在一起。此刻，枫叶的脸色像枯草般灰暗。

在这个夜晚，枫叶像一只刺猬，抱着自己发抖。她不说话，就这样沉默地坐着，一直坐到后半夜，然后安静地卧在铁轨上。手里紧紧握着的，是路遥的《人生》，这本书是她的最爱，豫东平原、高加林成为她命里的隐喻。当刺猬赶到时，枫叶像只被碾死的刺猬，血肉模糊，她心里再也没有刺了。

在村庄，刺猬的母亲为儿子的行为感到羞耻，觉得抬不起头来，村人开始白眼看她，她消瘦如草，终于在一个夜黑风重的夜晚羞愧而死。

刺猬回到村庄，没人理他，如对一个陌生人，也没人帮他埋葬母亲。他带着仇恨离去。

从此，刺猬留在城市里，但他的人生并不是一帆风顺。听说在城里，他身上的刺一次次被人折断，势利的、虚荣的、谄媚的，最后剩下一团空壳在城市里活着。

一只刺猬,爱过痛过,像一片叶子,走了;另一只刺猬,也被生活刺痛,我想他的内心,应该有木鱼声。

马蜂——恐惧与静

说起马蜂,我就想起童年。那时,谁家没有一两个马蜂窝呢?

调皮的孩子,用木棍捅下马蜂窝,然后用被子蒙住身子。如果不幸,被马蜂蜇了,就需要跑到桐树下,砸开树皮,用桐树水涂抹疼处。

我记得,在四爷家的屋子里,有一个很大的马蜂窝,马蜂整天"嗡嗡"地叫着,四爷和它们相处融洽。每次去他家,我都心生恐惧,害怕被马蜂蜇了,四爷看出我的心思,对我说:"这马蜂通人性,只要你不去动它,它绝不伤害人。"听到这句话,我想起乡村往事来。

每天天刚亮,四爷便无睡意了,坐在村头的石磨上,我知道,他想念四奶了。

四奶是个可怜的女人。她来自陕西,嫁到我村时,婆婆看不起她,村里的女人,也一口一个"外地转子"(河南土话)叫她。四爷整天不顾家,且嗜酒如命,一上酒桌,亲娘老子都不认,只认酒。那时,每一天她都很孤独。

那时的马蜂窝还没有这么大,只是一丁点,像还没有长大的情绪。

后来,这日子彻底没法过了,四爷每次醉后,都狠狠地打她,夜晚的哀叫会回荡在村庄上空。

那天夜里,四爷又发酒疯了,父母去劝说他。四爷只是辈分高,年纪比我爸还小两岁。我看到四爷时,他那铁青的脸看着很恐怖。

不知为何,我总是觉得那马蜂窝,像我的四奶,在那马蜂窝里,哭泣。

我这幻觉一直存在,四奶,在生活里是坚强的,对命运的不公,就这样隐忍着,直到她女儿死亡的那年,四奶彻底爆发了,像一只马蜂,狠狠地蜇向四爷。

那个年代,庭院里都有蓄水池,沤粪用的,几米深。一场暴雨,一池子黑水。四奶下地干活去了,留下四爷看孩子,四爷酒瘾犯了,就躲在屋里喝酒,孩子在外面玩耍,不知什么时候,掉进水池里淹死了。

四奶抱着孩子,泪如雨下。我不知道后来发生了什么,年幼的我犯困,睡着了。我醒来后,村子安静,四奶不见了,没人知道她去哪儿了。四爷蹲在村头的石磨上,迎着夕阳余晖,看着归村的路,等待四奶回来。

每次我返乡,四爷都在石磨上蹲着,像一尊石雕,安静地蹲着。

屋里的马蜂窝,已如向日葵一样,成了屋里唯一的生机。我突然在马蜂窝里,看到四奶的脸,悲悯而凄凉。

兔子——干净与爱

在乡村,说起圈养的动物,唯有兔子是淑女。它那羞答答的样子,让人心生怜悯。

我喜欢兔子,是因为兔子干净,永远一袭白衣,不染尘土。兔子是乡村的仁者,它只吃青草,吃蔬菜,有一颗素心,充满草木之气。

兔子不像猪那样,随遇而安,不讲究吃,什么脏东西都往肚里吞,兔子只吃草，而且只吃草尖部分。

兔子在文化里，象征阴性，《春诸纪闻》中载："东坡先生云：中秋月明，则是秋必多兔，野人或言兔无雄者，望月而孕。"这兔子分明是女性啊！如今，兔子飞跃时空，躲在月亮上，桂树、白兔、玉杵、嫦娥，多么诗意的栖居啊！

在故乡，兔子走不出一片平原，也许对于它们来说，这是好事，淡泊名利，只钟爱青草，才能长寿。

豫东平原，一袭白衣的兔子多是圈养的，身着灰袍的秀士是野生的，它们蜗居在田间，吃庄稼鲜美的枝叶。这兔子，多半无法圈养。我曾逮过几只，都是消瘦而亡，也许这狭小的空间，让善于奔跑的灰兔蒙羞。

灰兔奔跑如飞，在乡间，经常看见一只兔子嗖地一下，钻进庄稼地里不见了。秋收后，平原一片开阔，兔子无处藏身，到处乱跑，狗撒了欢似的，满地追兔子。熟悉乡村的人，一定会记得这场景，兔子逃亡，土狗奋力，人充当看客，这三者，让秋天鲜活起来。

至今，我难忘一只满含温情的母兔的眼睛。在我家的地里，有一片枯草，卧着三只幼兔，母兔整天机敏地警戒，寸步不离。

一天，一只鹰盘旋而来，似乎发现了母兔，母兔拼命逃避，跑到距离幼兔有一段距离时，母兔才停下来，缩成一团，安静地看着鹰，只看见鹰俯冲而下，似乎这母兔在劫难逃了。可是，出人意料的是，母兔用脚蹬向雄鹰，这一蹬凝聚了全身之力，居然把这鹰蹬走了。我第一次见识了乡间流传的"兔子蹬鹰"，这因爱而伟大的场面。让天地动容。

乡下人也馋，一旦逮到这些灰色的野兔，便用慢火炖汤。肉质鲜嫩，汤水利喉，让缺吃少喝的人们感觉生活如此幸福。

在故乡，土地不缺青草，只要安于淡泊，粮草多半不愁。如果一只兔子不满现状，想走到田那边也是常有。只是，在路的中间常常有陷阱，譬如网、夹子——欲望总是致命的。

物犹如此，人呢？一个叫作卯的姑娘走出乡村土地，一头扎进城市的灯火里，此后乐不思蜀。大学四年，她少了质朴，多了庸俗，脱离土地后的她成了城市的一部分。

后来，她再也没回过乡村，听说被圈养在城市的笼子里了。

往事飘散，只剩下一些乡村细节。

我喜欢一只兔子，安于青草、阳光和五谷的味道。

我喜欢用文字，去赞美一只毫无欲念的兔子，如同赞美一位隐居深山的隐士。

夜晚，一头驴的背影

豫东平原的夜晚是安静的。在安静的世界里，一些响动便显得动静大了些。

你听，牛在木槽内饮水的声音响亮而饱满，这是乡村生活内部的语言。所谓饮水，便不能说成品水。品字显得文雅些，悠闲些，一人一口为品，人要坐下来才能体会到品的妙处。这乡村的牛，往往是急性子，一口下去，就喝去半槽水。再听，"咯吱咯吱"，这是老鼠偷粮食的声音，这声音将乡村的夜色穿透了。

夜晚，吃过饭，便赶往磨坊，所谓的磨坊不过是一间简易的草棚而已。棚顶挂着一盏灯，捻子不敢拨得太亮，费油，能照亮东西就行了。骨子里的省吃俭用，在磨坊里也不例外。昏黄的光照不太清楚，影子便显得重了些，一个黑黑的影子在地面打转。这是一头拉磨的驴子。在乡村的夜里，驴子代替人类拉磨，或者换个沉重的说法，代替人类受难。

人们都在议论驴子前生做了什么孽，要来人间赎罪。乡人用红布把驴子的眼睛蒙上，然后站在一旁，手拢在袖子里，看驴子深一脚浅一脚地行走。其实，在驴子还没有到来之前，这些人多半自己着磨，肩上勒出了血，或者是一道瘀青。一转眼，他们就成了看客。这善忘的人类啊，怎么就没有一点记性呢！

人觉得驴子受着重罪，其实，这只是人的一厢情愿。对于驴子而言，它们没觉得是来受罪的。它们觉得这乡村的舞台是它的，生旦净末丑，想唱什么就唱什么，一个不乐意，就像上花轿的小媳妇那样，任性地停下不动了，任凭人类打骂和呵斥；有时候，走得慢腾腾的，像京剧里的老旦，脚步缓慢。人在这个时候得围着驴子转，驴子围着磨盘转，磨盘围着生活转，所有的中心都指向贫苦的生活。

今晚的面粉一定要磨出来，缸里已经见底了，几个半大不小的孩子正是长身体的时候，正眼巴巴地看着锅台。

深夜，一些人已经睡下了，乡村的夜色过滤了所有的光亮，唯有几点昏黄的光还没熄灭，驴子在它自己的舞台上表演着。夜晚所有的树木都是它的听众，吹过的北风似乎也在为它鼓掌。有时候，这夜晚北风的呜咽声也会让驴子感到害怕，它紧紧地贴着磨盘行走，这样做，恰到好处，这个粗壮的家伙，竟然有一颗睿智的心，算着直径的长短，它贴着磨盘，所走的路程也就是最短的。

驴子没学过数学，可是它的脑子比学过数学的乡人好使多了。乡人把数学知识用在斤斤计较上，东家借他一瓢面，借得多还得少了，邻居家的瓢比他家的瓢小，心里生着闷气，这故乡的人，在日常的生活里算计着。

日子就这么平铺直叙地过着，没有一家人因为这一瓢面而变得贫穷或富贵。驴子看着乡人骨子里的小气感到可笑。驴子大多数是会感恩于乡人的，这些人，虽在处事里没有宰相的肚量，但是对于自己人，他们绝对慷慨大方，即使是自家的驴子，他们也没有把它当成外人，而是当成家庭的一分子。活不累的时候，他们一般不会将驴子拉进地里，牲口刚买回来两年，还是个孩子，哪舍得让它在地里打滚呢！

夜晚，父亲抡起铡刀，母亲往刀槽里送玉米的秸秆，"咔嚓咔嚓"的声音在宁静的夜空飘荡。牲口的口粮一定要细，要不然这挑剔的东西不好好进食。

乡村的方言里，带驴子的词汇可不是什么好话。

其实，文明的标签束缚了太多东西，将人类分裂成两个人，屋子内一个人，屋子外一个人。倒是在乡村，还保留着人类最原始的直白和淳朴，男女混在一起，嘴上说着荤话，手上的农活没有受丝毫影响。就这样，日子一转眼也就过了，否则，这些乡人寂寞地待在家里，就可能是乡野版的李清照，愁眉不展了。

对于驴子，与乡人之间的故事一直纠葛不断，我记得驴子向来是生活的一个道具。在河南的戏剧里，通常有一些傻女婿和媳妇回娘家探亲的荒诞故事。里面通常会有驴子，媳妇骑在驴子上，丈夫在前面牵着驴子走，媳妇教丈夫说话，这一头驴子，活在地方的文化里。

我记得在豫剧《刘全哭妻》中唱道："有后娘就有后爹是一句俗话，不是她身上的肉怎能连心。没有错也难免三顿打，就好像那磨道里去寻驴蹄。"我想，这驴子原来还有这么悲情的一面，仔细想想，也确实如此，这驴子在生活中遭受了太多的不公，它不敢有半点懈怠，否则就会遭受灭顶之灾。人如果不好好干活，大不了人家说你二流子（河南方言，形容好吃懒做的人），古语中早就有这样的话了："山东响马山西贼，河南尽出流光锤。"可见人对于流光锤虽然鄙视，但是无可奈何，只能怒其不争罢了。

四婶常常给我讲述她的爱情故事。那些年，婚姻是被父母包办的，父母赋予你生命，也主宰了你的婚姻，一些好吃懒做的父母便不把女儿的命放在心上，他们把女儿当成赚钱的工具。这样的故事太多了，《红高粱》中的九儿，《伏羲伏羲》中的菊豆，都是这样的故事。有时候是为了抵债，或者为了换取那一口大烟。四婶的父母将她许配给邻村的马瘸子，村里关于瘸子的故事流传着不同的版本，四婶死的心都有，是驴子改变了她的命运。

那天，四婶去磨坊磨面，因为她家没有驴子，只好自己推磨，这时候四叔正好去磨面，用驴子代替四婶去推磨，这个空闲时间，两个人开始打开心扉。四婶的心沸腾了，她认定这个男人是她生命里陪伴自己走下去的人，于是磨坊成了他们私会的地方，当四婶挺着大肚子向父母挑明时，四婶的父亲快要气疯了，马瘸子家的人拿着农具上门逼债，四叔拿着彩礼将马家人逼退，于是四婶开始了另一段人生。

这远古的乡村，承载着一些记忆。驴子解放了人类的肉体，同时也顺便温暖了一些柔软的心灵。

故乡的驴子，走在磨道里，更走在远去的往事里。

对一只鸡的定义

乡间美人

在豫东平原上,唯有鸡堪称美人。牛,过于庞大;猪,过于肥胖;马,倒是消瘦些,但是总感觉马身上缺少一种女人的气息。

乡间的鸡,羽毛光滑,戴着王冠,自成一种气质。古语中有"雄鸡一叫天下白",这一叫气场足够大,天地为之泛白。白,是鸡带给人的唯一印象。

在故乡,鸡总是吃下岁月。它们或站立墙头,或蹲在乡村的磨盘上,一口口将日子装进胃里。

这冷美人,经受不住日子的侵蚀,一天天老去。上了年纪的鸡不受人待见,即使跑出庭院,也没人在意,反正是一只老母鸡,肉是吃不动的。一只鸡一旦没有了利用价值,便活在乡人的关注之外。

乡间美人,能让人记住的不多。如果说乡村是一个帝王,那么所有母鸡都是嫔妃。嫔妃一茬又一茬地冒出,人们只记住"芦花鸡""黑美人"和"黄头顶"等称谓，却想不起嫔妃样子。

"鸡声呖呖荒村外，鸟路迢迢暮霭边。"独守乡村的，是几声零落的鸡鸣。

鸡抱窝

鸡也有乡野的爱情。爱情是平等的，无论人与动物。

鸡的结婚证在鸡窝里。

鸡和人一样，也要居家过日子。它们吃不饱，只好在墙根觅食，这行为只是掩饰主人的贫困。人面对鸡时，是否应该感到羞愧？

鸡抱窝时，躲在里面，十天半月不出来，它把乡村的宁静捂热。没有这鸡的喧嚣，乡村多少有些失望。每次看到鸡抱窝，乡人总是一脸不高兴，养鸡为了下蛋，贫瘠的生活，女人的奶水多半不够喂养孩子，靠鸡下的蛋，补给孩子。如今，这鸡抱窝，半月的粮就要断了！

没有孩子的人家，鸡也得跟祖宗一样供着，生活必需品得靠鸡换取。十天半月，一堆鸡蛋就能让生活润色不少。

抱窝的鸡蛋必须是被公鸡压过的鸡蛋。破壳，黄黄的鸡仔满地跑。也有一些鸡，还没孵出就夭折了，留下没破壳的蛋，这种蛋在豫东平原上被称为毛蛋，一种上好的食品。这食品大补，女人看见毛茸茸的鸡蛋恶心不已，只有一些口粗（豫东地区方言，指不挑食）的人，才能大快朵颐。看得女人瞪大了眼，缩紧了胃。

黄鼠狼瞪着阴冷的眼睛在背后窥视，主人、狗都得关注才行。如果遇到主人粗心大意，狗也不闻不问，那么鸡可就遭殃了。

芦花鸡

乡人喜欢芦花鸡，这种鸡好养活，下蛋快。芦花鸡是鸡中的平民，易满足，它们在乡村里安居。

说起芦花鸡，就想起家乡的旧事。那年，隔壁的邻居找不到芦花鸡，以为被哪个贪嘴的人偷去下酒了，在村里叉着腰，跺着脚开骂，骂得乡人不好意思出来安慰，怕卷入流言蜚语。后来，邻居在自家的玉米垛上，看见几片凌乱的羽毛，才知道自己的芦花鸡被黄鼠狼吃了，再见乡人时，眼中多了自责。

一只鸡，自从出生以后，它的命运就交给了农人，它们在日子里体验乡村的生活厚度。年关，会有一把刀架在鸡的脖子上，但是鸡依然镇定自若，用雪亮的眼睛打量主人。

在鸡市场，看到笼内等着被宰的芦花鸡，我仿佛看到了自己。

这些年，许多刀悬在头顶，譬如，压力、人生风霜、暗箭等。身子要矮下去，不能挺起傲骨，一站立，刀就割在脖子上了。

鸡有思维吗？有生命的痛感吗？有和人一样的恐惧吗？我在思考。

采风的人

那年，一个画家来到故乡。他忽略人的存在，眼中只有鸡，从清晨鸡啼到夕阳鸡居，他都跟在鸡的后面。很多人嘲笑这艺术家，认为他无聊，整天对着鸡也不厌烦。

当一只只鸡在画集里抖动时，乡村被带走了，至少乡村的乐趣被带走了。它们在城市里，被一群缺少乡村生活阅历的人欣赏，写出形而上的文字。我想，乡人一定暗笑，鸡，只有在故乡里，才能有鸡的样子。

小时候，看半夜鸡叫的故事，觉得人比鸡可恶，一个主宰者，居然用鸡的声音发言。后来，村里的黎明安静了，鸡被圈养了。圈养的鸡，靠饲料喂养。它们一只只安逸得丧失了鸣叫的本能。鸡叫，成了广陵绝响。

采风的人再也不来了。乡野的鸡，背离了乡村的本质，"狗吠深巷中"的狗吠仍在，"鸡鸣桑树颠"的鸡鸣留在了书里。

这个采风的人在乡村蹲了十年，十年时间，只观察鸡，用十年时间去品味乡村的本质。听说他的画获了大奖，我毫不怀疑这奖的分量。他一个人，用十年时间待在乡村里，品读着乡村的风物，放弃了都市的繁华。他找到了艺术的归宿。

他知道，艺术的本源在于土地，在于乡村。虽然我不反对西方抽象派，但是那些夸张的手法感动不了我，因为那远没有一只觅食或抱窝的鸡能刺疼我。

羊群与喜鹊

我在豫东的故乡细数往事。黄昏之际，总有一个叫曹文生的乡下人，将两三只羊赶往村外的荒野。在乡野，宿命和泥土连在一起，泥土里长出青草、树木，而命里则长出贫穷、灰暗。村庄就这样一直存在，至少已有百年以上的历史，这百年的往事被乡村破旧的土屋所填，寥落地散在故乡的骨头上。

我不敢轻视羊，自从它从集市上被父亲买来以后，就一直孤零零地站着，不吃不喝，只是"咩咩"地叫，听得人心里难受。后来，在故乡荒草的世界里，它们开始叛变，逐渐向一个叫人类的种族投降。

"此地安，不思蜀。"这羊活成了刘禅。一只羊一旦没有了骨气，活路就多了起来，可以任意地去乡间的草丛里踏青，在荒原上尽情地撒欢，能对别处的羊献殷勤。折腾一会儿，这些羊也觉得没了趣味，便安静下来，开始卧在故乡的记忆里。

我就是那个叫作曹文生的乡下人，在羊啃青草或者卧于树下的时刻，我便少了羊群的束缚，心是自由的，行动也是自由的。我闭上眼睛躺在草上或者斜靠在树上，手里的收音机放在一旁，评书《杨家将》正说得淋漓痛快，此刻，我渴望时光慢下来，渴望黄昏长一些。

只要一抬头，就能看见远处的鸟窝，在树枝上悠然地卧着。其实这鸟窝被喜鹊挪了三次，每一次都是从一根干死的树枝挪到另一根干死的树枝，但是从不离开这棵枯树。望过去，光秃秃的，很是显眼，很是凄凉。我也搞不懂这喜鹊的思维方式，这么多繁茂的绿叶，为何非得固守这棵干死的树呢？

喜鹊就这样一直生活着，无论刮风下雨，都没有要挪走的意思，我实在不能理解喜鹊的世界，便翻开古诗去寻找喜鹊的行踪。"喜鹊翻初旦，愁鸢蹲落景。""终日望君君不至，举头闻鹊喜。"这说的是文化的喜鹊，这是喜鹊报喜啊！"明月别枝惊鹊"说的是胆小的喜鹊，经不起一丁点儿惊吓。那么这喜鹊为何不畏惧夏雨的暴虐呢？

山民是我村的光棍，奔四十的人了，还是不争气，整天好吃懒做，舍不得出一点儿力气，好在家里养了一群羊，赶着羊，生活也就有了活路。故乡有这样的俗话："山东响马山西贼，河南尽出流光锤。"所谓流光锤就是二流子，山民也乐于将流光锤的符号贴在自己的脸上，每次经过村口，总有一群不懂事的孩子在他的身后喊"流光锤，流光锤""想媳妇，想媳妇"，我发现山民脸上有一点颤动，但很快被挤走了。原来这个家伙还是有一点羞耻之心的，只是这羞耻之心被世俗的尘土掩盖了。

因为羊，我和山民走得很近，没事就说说羊，就像说这平原上的风、平原上的云朵一样亲切，我们在俗世的安静里活着。有了羊，山民便觉得日子有了奔头，把羊当幌子，便能在乡村里活出一些不同的滋味来。

他说："平原上的女人，像月亮，白花花的，晃眼。"

我嘲笑他说："这月亮也是水里的月亮吧。"他只是微笑着不言语。山民的百十只羊围着他，然后被他赶向更远处，在我看不见的地方，山民和一群羊，惬意地活着。

与山民共处三年，我发现他羊的数目一直没有增加，便感觉蹊跷，后来我看见平原上的女人从远处像风一样刮来，没过多久，女人走时，牵走了一些羊。那个时候，一只羊就是半年的柴米油盐，山民的羊死在了柴米油盐里。

我问山民："你把这么多羊卖了也够娶一个媳妇了，为何如此不开窍呢？"

山民说："人不如鸟，鸟需要的不多，几粒草籽、麦粒也就够了，但是人不一样，人需要的东西太多，譬如邻村的那个亮眼的新房子，里面全是空的，包括女人也是空的，她牵走我的羊，也填不满她的空。哪像这树上的鸟儿，守着这棵枯树，从不移情。"

我心里一颤，笑道："这鸟儿傻呗！"

他笑着说："人才傻呢，没情没义的家伙！"说罢指指树上的鸟窝说，"这鸟窝里有真爱。那年，我在树下放羊，一场暴雨袭击了这里，我躲在这棵树下避雨。后来听见一声响雷，一只喜鹊从这棵树上栽了下来，另一只喜鹊飞了下来，在它的尸体旁孤零零地站着，看着这被雷电烧焦的爱人。我动了恻隐之心，埋葬了这只被雷电击中的喜鹊，可是这活着的喜鹊不再迁徙，守着这枯树已有三年了。"

我心里一惊，这百思不得其解的鸟窝竟然隐藏着这样一个悲戚的爱情故事，故事的主角一个睡在地下，一个睡在树上，通过这棵干枯的树感知彼此的温度。

我没想到在山民的世界里竟然还留下一片地方，供养着鸟窝，供养着鸟。羊群还在荒野里吃草，我还在青草里读着羊群的故事。

后来，山民死了，他的羊群被人掏空了。但是，在山民的世界里，他是高贵的，他的羊群是高贵的。

我也不再放牧，我的羊群为我换来了学费。我踩着羊群的身子，如同踩在一片云朵上，在云朵上慢慢漂移，最后漂移到这个城市里。我渴望在城市里遇见一只喜鹊，我们不期望太多，车、房子都可以省略，只要一个鸟窝即可。

在故乡的平原上，日子还像往常一样过着，炊烟依旧在村庄的上空飘散。

乡野书

豫东平原，无论如何贫瘠，都乐于匀出一些麦粒和草籽来喂养飞翔的鸟类，这些鸟躲在贫寒处，寂寞地看着故乡，看着走进和走出的人。

斑　鸠

《诗·卫风》里有这样一句话："于嗟鸠兮，无食桑葚。"这平原上的斑鸠一下子就被戴上了一顶国风的帽子。我想，故乡的斑鸠一定是从豫西渡淇水而来，流放在豫东平原上，它们心安理得住了下来。

斑鸠穿着麻褐色的衣服，飞的时候，尾巴张开，呈三角形。斑鸠的头，总是灵活地转动，眼睛如清澈的湖水，它全身的羽毛光滑平整，看起来很是温顺。斑鸠有些懒惰，同燕子相比，修建房子也是一个蹩脚的匠人，在树上做窝，不注意隐藏，极其简单，架一些长短不一的树枝，再放些枯草、枯叶之类的东西，就算是陋室了。

我喜欢豫东平原上斑鸠的叫声，"咕——咕——咕"的音调绵和、悠长，有鸽子声腔的痕迹,但比鸽子叫声要好听得多、野性得多,这种没有经过驯化的鸟,叫声里透出桀骜不驯的气息。豫东的老人常说:"乌鸦(豫东平原称乌鸦为老鸹)叫声悲切,一叫必不祥。斑鸠叫声神奇,一叫必有雨。"于是乡人就有了"雨斑鸠""鬼老鸹"的说法。

我喜欢鲁迅先生《从百草园到三味书屋》里捕鸟的片段,然而在家乡,我也有过同样经历。下雪后,斑鸠便没地方觅食,我们便在院子里扫出一片干净的地方,放上一把金黄的玉米粒,然后在玉米粒上罩上一个箩筐,用绳子穿过树枝,直达屋内,我们悠然地拽着绳子的一头,等饥饿的斑鸠入网,然后一松手就罩住了。斑鸠肉很是鲜嫩,母亲忙活着,到头来,这些肥嫩的肉多半进入我们的肚子里,只剩下一碗清淡的汤留给母亲。

其实,这种笨拙的捕鸟方式只有我们孩子会玩,大人不屑于此,他们拿起土枪走向野外,看见一只斑鸠立在树枝,便会慢慢地靠近,然后蹲下,举枪,瞄准,扣动扳机。这可怜的斑鸠还在欣赏故乡的雪景,完全没有意识到背后潜在的危险,一缕白烟,斑鸠便一头栽了下来。大人吹吹枪口的余烟,拎起斑鸠放进胸口的皮袋子里,然后寻找下一个目标。后来,土枪被收,这故乡的冬天才安静了一些。斑鸠没有威胁,便能在雪中和林中的树枝组合成一幅豫东寒冬斑鸠图。

斑鸠曾在文字里鸣叫,《诗·关雎》云:"关关雎鸠,在河之洲。"说的就是鸣唱的斑鸠,这文化里的斑鸠有着怎样的性格和德行呢?

翻开古书,有这样的记载,斑鸠是仁鸟,舜耕历山,看见鸠鸟母子同飞共鸣,共相哺食,感恩父母,并作歌;斑鸠是孝鸟,当至孝之子的母亲居丧时,斑鸠、白鸠往往巢集于庐舍之侧。许多古代诗人作《鸠赋》,歌颂斑鸠。最有趣味者，就是古文献记载刘邦与鸠鸟的两段故事。

《地理志》记载，汉王刘邦在躲避项羽追击时，藏到荥阳的一口井中，有一对斑鸠飞到井边的树上。项羽赶来，看到树上有鸠鸟，以为无人来过，无人惊扰，汉王刘邦幸免于难，从此井名改为双鸠井。因此，汉代世世在"正旦"（农历正月初一）这天放飞斑鸠，以感斑鸠救命之恩。

《风俗通》的记载如出一辙，民间俗传，汉王刘邦被项羽打败，藏到树丛中，项羽兵追来，听到斑鸠正在树上鸣叫，追者以为鸟在定无人在，于是刘邦得脱。待到刘邦即位为皇帝之后，常常为此鸟营救他感到惊异。所以，汉代有做鸠杖以赐（扶）老者的制度，《周礼》有"献鸠养老"的记载。

在民间，斑鸠栖息于桑榆，在田园间觅食，常与孝子恭敬桑梓一样。年老的父母会引起共鸣。

啄木鸟

寒冬，除了北风，一切都是沉寂的。我躲在屋子内，倾听寒风中传来啄木鸟啄树的声音，这声音，源于树，却飘荡在人心，更响在寒冬的寂静里。院子里，一只啄木鸟带着多年行医的经验，靠近一棵棵树木，用坚硬的喙去敲响寒冬的门，一棵树响了，另一棵树响了，这敲门声把死寂的寒冬激活了。

啄木鸟是一个乡野郎中，奔走在故乡的原野上。在寒冬，我邂逅了一只啄木鸟，我停下脚步，忍着寒风的吹打，仔细观察它敲击树干的动作。它是一只瘦弱的啄木鸟，却一直在啄树，一声比一声高亢，一声比一声激越。它灵巧的身子在寒木上跳舞，也许，冬天啄木鸟的舞步是寒冬唯一的动词。在故乡，唯有这啄木鸟起得比人早。它的勤劳感染了我们，每当听到啄木鸟的啄木声时，人们再也睡不着了，披衣走出村庄，在田间漫步，捡些动物遗留下来的粪便，为土地积肥。

啄木鸟具有敏锐而冷若冰霜的意识，一眼就能从植物的长势看出树木的健康来，不需要借用仪器，只需要凿刀似的利嘴在树木上"啪啪"地敲击几下，就确定了病因。啄木鸟，用铁钩似的脚趾，紧紧地抓紧树干，这有力的姿态是雄性的。如女人爱男人的野一样，啄木鸟也散发着雄性的味道。

我喜欢寒冬，因为有啄木鸟。啄木鸟一旦在寒冬的林间开始敲击木质的城门，我就仿佛听到一个神秘的世界沸腾了。这个乡野郎中对每一棵树"望闻问切"，"梆——梆——梆——"多么有力的声响啊！就这样，一棵树的陈年暗疾被它轻易敲开，一下子豁然开朗了。

在寒冷的冬夜里，它强劲的喙敲击着树木，声音传出老远。母亲坐在炉子旁，听见啄木鸟的凿击声，往往会显得很高兴。在他们的潜意识里，有啄木鸟的地方，来年定有一片葱郁的春天。

你听，这"梆梆"的敲击声在村庄上空回荡着。黄叶落尽的寒冬里，这声音仿佛来自天堂。刹那间，啄木鸟的无私，让我觉得自己是如此渺小。

我喜欢读作家苇岸的《大地上的事情》，关于啄木鸟，他是这样描述的："听到这声音，我感到很幸福。我忽然觉得，这声音不是来自啄木鸟，也不是来自光秃的树木，而是来自一种尚未命名的鸟，这只鸟，是这声音创造的。"在书里，他把感受和声音与文字绑在一起。

在故乡，啄木鸟在寒冬里的敲击声是一种孤独的敲打，或者说是一种乡愁的敲打，或许是一种灵魂的敲打。故乡被啄木鸟的声音给凿空了，我再也不能安静下来，拿起笔，写下这样的诗句：

> 北风将冬木的皮肤洗净
>
> 乌鸦在上面写诗
>
> 期待找到一处明确的诗眼
>
> 咚咚几声戛然而止
>
> 但是零散的声音，无法串起
>
> 伤病与空穴的句子
>
> 乌鸦的嘴，就算烙成了铁笔
>
> 也无法找到寒木虚无的火焰

鹌 鹑

《诗·鄘风·鹑之奔奔》："鹑之奔奔，鹊之强强。"可见我国对于鹌鹑注意太久，但是这文字具有国风的味道，过于严肃了，倒是李开先《一笑散》借用了鹌鹑的消瘦。据记载，元人无名氏有一首极尽讽刺之能事的小令，《正宫·醉太平》："夺泥燕口，削铁针头，刮金佛面细搜求，无中觅有。鹌鹑嗉里寻豌豆，鹭鸶腿上劈精肉。蚊子腹内刳脂油，亏老先生下手。"多么诙谐的语句啊！

我记得小时候，外祖父的院子里总是有一些藤条的笼子，里面圈养的并不是什么名贵的鸟，而是一些鹌鹑。我不敢嘲笑鹌鹑，它和我一样出生乡野，卑贱地活在豫东平原上。

外祖父已经养了很久的鹌鹑，院子里满是鹌鹑笼子，这些家伙体小而滚圆，羽毛以褐色为主，夹着明显的草黄色矛状条纹及不规则的斑纹，看起来很土气。看到鹌鹑，我仿佛看到了城市里的自己穿着母亲纳的土布鞋，身上衣服也寒酸至极。

《本草纲目》中就有"其田圩，夜则群飞，昼则草伏"的记载。根据这一特点，外祖父时常在夜晚将油灯拨得明亮，只要有光的地方，这小东西便难以入眠，一个通宵，它的眼睛便熬得通红。三更时分，外祖父拿起网走向野外的庄稼地，他知道什么地方鹌鹑多，他了解乡村鹌鹑的习性，正如土地了解庄稼的长势一样。

这熬夜的母鹌鹑，在野外便开始"啾唧，啾唧"地鸣叫。叫了两声没见动静，便停了下来，等一会儿接着求偶，这时的声音可能不是很响亮，但十分急切，以示母鹌鹑求爱心诚。听听，还没动静，母鹌鹑开始拉长了声音，"啾唧——啾唧——啾唧"的声调也由低变高，最后竟然变成了呼喊。公鹌鹑再也无法冷静了，顺着声响而来，母鹌鹑一见，便急不可耐，做出交配时的动作——翘尾巴，拍翅膀，在原地转着圈，翅膀扑打着草叶。公鹌鹑也顾不得什么陷阱了，它像着魔似的蹦着、跳着，扑腾着直往张开的网子里飞。但是，这时还得沉住气，要等这鹌鹑快要飞到网子跟前的时候，躲在边上的另一个人就可以猛地站起来，撒着两手，撵鸡似的学着狗"汪汪"地吼叫，这公鹌鹑一惊，就会往前一窜，一头撞进网子里。

鹌鹑，被乡间所接纳，这清晨的"啾唧"声在空中飘散。

布 谷

芒种时的豫东平原，刺槐吐蕊、柳絮纷飞，一些树散布在红砖蓝瓦的村落里。错乱的房子像一盘散落的棋子，大地是棋盘，远处的交界线是楚河汉界。

此刻，布谷鸟唱着"割麦种豆"的歌谣。

小时候我在乡下见过布谷，外形像鸽子，但比鸽子瘦长，头颈浅灰色，背部浓褐色，腹部有横斑，翅膀边缘有白。各地形容它的叫声说法不同，有地方翻译成"麦——黄——垛——垛"，有的地方翻译成"麦——黄——该——割"，然而豫东平原则是"嘎嘎嘎咕"的叫法，我不知道怎样描述这样的叫声，只好翻开书籍去查找。

远古的神话里，古帝杜宇死后化成杜鹃鸟，在暮春时节，经常悲鸣不已，叫声凄厉，甚至叫得连嘴都出了血，似乎在叫"不如归去"。李白的"杨花落尽子规啼"，王维的"千山响杜鹃"都满含乡愁。

到了宋代更为明显，并且省略了含蓄的成分。黄庭坚的《醉蓬莱》："杜宇声声，催人到晓，不如归是。"柳永的《安公子》："听杜宇声声，劝人不如归去。"都喊着归去，由此可知布谷最易思乡。我想，每一个远游的人，在客居他乡的日子，每逢布谷声响起，一定会想起家乡，想起家中的双亲，于是我也将豫东平原上布谷的叫声翻译成"不——如——归——去"。

我喜欢文人对于布谷鸟的描写，人生的际遇和心境不同，便会写出不同的布谷。苏东坡被贬黄州，其潇潇苦雨般的心境竟然留有一颗旷达之心，他提笔写道："南山昨夜雨，西溪不可渡。溪边布谷儿，劝我脱破裤。不辞脱裤溪水寒，水中照见催租瘢。"这诗句里没有柳永的凄楚苦味，倒是多了些乡野趣味。

  布谷了解每一个时节。在豫东的大地上，每当布谷的叫声充斥在麦田上空的时候，必定有一些身穿布鞋、手持镰刀的割麦的人出现在麦田中。那时候，我们这些儿童常常跟在布谷的后面，布谷每叫一声，大家便学一声，"嘎嘎嘎咕""嘎嘎嘎咕"响彻天空，大人们哪有时间理会我们，早就在布谷的歌声中挥汗如雨了。麦子在镰刀扬起和落下中倒下，安静地躺在豫东平原的怀抱里。

  中国的布谷被古代的文人所霸占，那么外国的文人是怎样书写他乡的布谷的呢？

  我喜欢俄罗斯诗人阿赫玛托娃的《我活着，像座钟里的布谷鸟》：

> 我活着，像座钟里的布谷鸟，
> 我不羡慕森林中的鸟儿们。
> 上紧了发条——我就咕咕叫。
> 你要知道，这种命运，
> 我仅仅希望，
> 仇敌才会拥有。

  诗人的思维是抽象的，是深沉的。但是美国的约翰·巴勒斯在《醒来的森林》中写得更具有深意："杜鹃是林中最为孤寂的鸟，同时也出奇地温顺与安宁，似乎对于喜怒哀乐都无动于衷。仿佛某种遥远的往事沉甸甸地压在他的心头。其曲调与鸣叫含有那种失落游离的成分，对于农夫是雨的预示。在一片欢快与甜美的歌声中,我喜欢听这种超凡脱俗、深沉邃古的鸣叫。"这国外的布谷,也深藏孤寂。

乌　鸦

乌鸦在豫东平原,俗称老鸹或黑老鸹,文雅一点,称为"寒鸦"。它羽毛黑乎乎的,翅膀沉重,长得实在有些丑陋,呆头呆脑的样子让人没有好感,再加上在寒冬或者是深夜里发出一两声灰暗的嘎嘎声,音色低沉,像敲击破锣一般,每次乌鸦一叫,母亲便说"年成要坏了",所以听到乌鸦的叫声人们总是感到不祥。

乌鸦总是让人感到凉意,记得欣赏《古木寒鸦图》时,里面呈现出一丛古木倚石傍水,数十只寒鸦或栖息枝头,或在空中盘旋,气氛萧疏,显示了秋林清旷的意境。再加上读过一些书写寒鸦的文字都是悲凉的,譬如"荒烟衰草,乱鸦斜日""佛狸祠下,一片神鸦社鼓""两人站在枯草丛里,仰面看那乌鸦;那乌鸦也在笔直的树枝间,缩着头,铁铸一般站着",我怎么能超越这浓雾般的悲意呢?

乌鸦总是飞在暮秋、深冬里,所以文人喜欢把它与灰暗、荒凉联系在一起。明知自己对它们有成见,但是却一直无法扭转这种先入为主的观念。

从小就开始摇头晃脑地背诵秦观的《满庭芳》:"斜阳外,寒鸦万点,流水绕孤村。"斜阳、寒鸦、流水、孤村怎能不勾起无限的乡愁?

我想一定还有一个睡不着觉的游子,孤枕难眠。正如此刻,我在洛川小城里听到乌鸦的啼叫孤枕难眠一样。

其实，我觉得最懂乌鸦的不是中国人，即使中国人的乌鸦意象在古诗里浸泡太久，形成了一定的文化模式，但是后人沉溺于古人的文化模式里走不出来，如果一种文化总是述而不作，便会死去。倒是在西方，一个叫凡·高的人最懂乌鸦，他画出《乌鸦群飞的麦田》的油画，展示出他对生活总是充满了渴望，因为他的油画底色是热烈的金黄色，那种温暖、热烈，常常让他置身于一种压抑的亢奋之中，这幅画呈现出的天，死死压住金黄色的麦田，沉重得让人透不过气来，空气似乎也凝固了，一群凌乱低飞的乌鸦和波动起伏的地平线，以及狂暴跳动的激荡笔触更增加了压迫感、反抗感和不安感。

底色是热烈的金黄色，这是对生命的渴望，但是在渴望的画面上滋生出绝望来，这种画面处处流露出紧张和不祥的预兆，好像一部色彩和线条组成的无言绝命书。

就在第二天，他又来到这块麦田，对着自己的心脏开了一枪。《乌鸦群飞的麦田》，是凡·高最后的作品，他把所有悲伤和寂寞都注入其中，代替自己抽离肉体的感情，感情安置后，肉体也走向彼岸。

东方、西方文化中，乌鸦都活在人的故乡里，这个故乡是广义的，中国的乌鸦是共性的，而凡·高的乌鸦是个性的，他用自己的乌鸦掩盖了整个西方文化。

对一头猪的臆想

在豫东平原上，一头猪，撑起了乡间亮色。在乡村，炊烟、猪圈、鸡鸣、粮囤是最接地气的词语。

生活中处处有猪的痕迹。在豫东平原的内部，你走进任何一家的庭院里，必定有砖砌的猪圈，半大的猪在圈里安然地卧着。

古语的六畜，主要指猪、羊、牛、鸡、马、狗。猪位居第一。猪兴旺，百姓才能安居乐业。并且，猪有很多种称谓，大猪称为豨，小猪称为豚。古人不吝啬语言，将一些专称留给猪。可见猪在民间地位之高。

猪在乡下比在城里过得滋润。城市的猪过于干净，过于焦虑；乡下的猪能惬意地亲近泥土，亲近自然。在城市，一车猪，它们睁开清澈的大眼，看着灯火辉煌的城市，不知道它们是否感觉到屠杀将要来临。

经过这些猪身边的时候，我不知道，此刻的它们是否能一眼认出人群中的我来，能否感知在笔挺的西服下，我有一颗草木之心。我想它们一定通过我呼出的气息，嗅出我骨子里的草木味道，认出我是豫东平原上那个爱哭闹的乡里小儿。

猪是十二生肖中的动物，它凭借这点得到故乡人的青睐。试看，在故乡的木窗上，贴有猪的窗花，猪趴在那里，偷窥乡间生活。

乡间的小路上，一些孩子穿上猪模样的布鞋，在乡村行走。乡下俗称猪鞋，由它陪着孩童蹒跚学步，由它熟记每一株草木。

没人相信，一头猪和一个文人有关联，但是却实实在在地留在文字里，打开书，一股浓浓的肉香味。我想，写到此处，你可能知道我想要写的文人是谁了吧？

苏东坡，一个豪放派词人，在乌台诗案的重压下，仍挺起腰，研究着饮食。这是一个让生活充满乐趣的男人，他用美食来减轻苦恼。东坡肉、东坡肘子都是对猪的宣传，一个名人免费为猪代言，一下子响亮了几千年。

猪与文人，对中国文化的影响之大，超出我们的想象。文人骚客会聚一堂，东坡带头，一边啃着肘子，一边谈着文学，雅俗共赏，这是多么富有生活情趣的场景啊！

我想，一个文人对于中国的影响，要比一个帝国大得多。此地美其名曰八朝古都，可是除了数不尽的水灾、战乱，除了一幅热闹的清明上河图，还有什么？我想，提起宋朝，也许除了几个文人、英雄，还有一段屈辱的历史能被人记住，其他的多半会被遗忘。但是，东坡肘子借助东坡的名头，在全国各地的街道里安家。

乡人喜欢用猪来给人定义，一些人在乡村里顶着猪的绰号活了几十年。譬如村西头的一个女人，被戏称为"乌克兰大白猪"。在豫东平原上，有这样称号的人很多。他们具有一些共性特征，或者是长得白胖，或是孩子多，借用猪强大的繁殖功能来暗喻女人的生育能力。豫东平原的乡人，善于用直白的语言点透生活。

男人需要女人，猪也需要性。猪到了发情期，开始拱猪圈，撅着尾巴发出令人烦躁的声音。豫东平原对于动物的发情有特定的叫法，譬如猫叫春、牛打栏、狗走窝子、羊牵羔、猪打圈子等。这些富有豫东方言的说法，让动物的爱情世界丰富起来。

乡人对于猪的这种生理需求往往采用阉割的方式，让它们安于长肉，断了儿女私情！中国人对于猪的生活，参照了太监的向度。也许，事情恰恰相反，男人成太监，是参照了猪阉割的方式。

乡下，戏称阉割猪的人叫"蜇猪的"，蜇猪的人往往骑着自行车，前面插一面红旗，上面有几根猪毛，身上带着工具。他们手法熟练，在猪的腿部割破小口，用手挤出来，割断即可。

阉割过的猪虽然无欲，膘却长得飞快，但十里八村总会留一两头健硕的公猪不阉割，它们是豫东的种猪，是乡村的帝王。

养公猪的人和蜇猪的人多半是乡村看不起的人，称为下九流。

猪配种的时候，男人围观，女人多半会匆匆而过，脸红到耳根后面。偶而也会有女人和男人一起观看，这些女人多半会成为男人打趣取乐的对象。猪在性交中获得快感，人在打趣中获得精神快感。

养种猪的人多半是光棍，正经人家不干这样的事。光棍养公猪，是为了偷窥性，满足生活中的压抑。他将种猪赶进一个个需要交配的庭院里，仿佛完成了一件大事。烟抽上，完事了收一点钱，就消失了。

年关是一道门槛。很多猪都倒在故乡的风俗里。猪被人抬上案台，屠夫手里的尖刀闪着寒光，只一下就血流如注。猪先是用力挣扎几下，然后就慢慢安静下来。

白花花的猪肉流向乡村。

年关，家家户户都会买一副猪下水。洗净，煮熟，然后放在梁下的竹篮内，等待远来的客人。

在年关，基本是猪的盛宴。一桌子菜都与猪有关，猪肺、猪肝、猪心、猪脸、猪肠等。也许，在年关的深处，只有几盘牛肉、鸡和鱼孤独地躲在猪肉的身边。在乡村的酒席上，剔除猪的成分，饭菜便会寒酸起来。

我喜欢王小波，因为欣赏他那只特立独行的猪。这猪，带上思想，形成一种自在随性的观念。

我笔下的猪是平淡无味的。猪在乡下随遇而安，它们嚼着粮食，嚼着乡村的宁静。

也许，猪最喜欢的是泥巴。它们在泥水里打滚，惬意的样子，让人觉得这猪其实就是一个自由任性的孩子。

谁家的猪跑出猪圈，钻进玉米地，总会糟蹋一地的庄稼。猪的主人，提上酒去邻居家赔礼道歉。这猪闯了祸，倒像没事人一样呼呼大睡。玉米的主人心里骂着猪，数落着猪主人的不是，可表面上还得淡定从容，与人和解。乡人性格的二重性，再次凸显。

也许，表面不一是乡人骨子里的常态。我不带着褒扬的心情去赞美乡人，他们暗地里心疼庄稼，骂着养猪的人以解气，可是又得将乡邻的面子给足，这是豫东乡人生活的一部分，苦难和时间赋予他们一些生存的哲学思维。

在这里，猪拱庄稼是小事，一些猪跑进村东的坟场里，拱开别人家祖坟，这就惹了大祸。在乡村里，祖宗是悬在头顶的一盏灯，对神灵可以不恭，但对祖宗一定要敬。祖先的坟墓被猪拱开了，风水也就坏了，第二天定会响起噼里啪啦的鞭炮声，安慰土地下受惊的先人。

猪圈的历史，其实就是一部乡间的发展史。猪圈先是木质的，埋桩、扎横木，围成猪圈；后来，生活好了，变成了砖头猪圈；再后来，猪圈里粉刷，铺上水泥地，这猪也摆脱了贫寒气。

在公共场所，经常有一些人抽烟喝酒，将空间搞得乱糟糟的，像猪一样。让我想起柏杨笔下的中国人。

屠夫在乡村是手艺人，姑娘找婆家，也会考虑从事这个职业的人。在历史上，一想起屠夫，多半是镇关西这样的恶汉，五大三粗的，有一膀子力气。他们杀猪、卖肉，乡下人戏称屠夫为猪倌，因为他们整天与猪为伍。

他们在案板前，提着刀，熟练地割肉砍骨，在秤上偷奸耍滑，明明是一斤肉，回家却只有八两。故乡的人，没有猪实诚，也没有猪大度，小肚鸡肠的人偏多。

对于猪的描述，我只能以一种臆想的方式进行，用直观的认识书写。

猪，在生活里，用被宰杀的方式来实现乡人的幸福。

如今，我怀揣愧意，不敢面对一头猪明净的眼睛。

走失的蝉

> *蝉衣，是故乡陈旧的方言*
>
> *寒蝉凄切，草木固守*
>
> ——题记

蝉　蛹

黄昏，飞鸟归尽，落日西斜，豫东平原的光线慢慢暗了下来。在日暮的深处，飘出散漫而自由的炊烟，炊烟顺便带出一些庄稼秸秆的香气。一些植物的肉身喂养着乡村，喂养着即将填补的夜色。一些火焰，在灶膛内为夜色拉开序幕，鸡栖息于树，狗卧于寒窝。

在灯光的暗处，一些急切的影子跃跃欲试，那是逮蝉蛹的孩子。他们的目光越过热烈的火焰，看锅台上升腾出的热气还是稀稀的一团，心里像着了火似的。当父亲拉风箱的声音停下，他们便急不可耐地揭开锅盖，揣上一个白馍消失在夜色里。

夏夜，豫东平原满是晃动的灯光，最先钻入村庄周围树林的是一些孩子。他们迅速占领安静的树林，将乡村的一些贫寒的目光带入此处。其实，树木早就明白乡村的贫寒，更明白孩子的铅笔该更换了，孩子的作业本背面已经写完了，他们需要拿逮蝉蛹的钱换这些。灯光哪里是童年的趣事呢，分明是孩子们贫寒中缜密的心思。

当然，一些家境好的孩子也会出来逮蝉蛹，他们的蝉蛹多半会伴着油香进入肚子，那空中飘散的幽香会让一些无睡意的孩子直流口水。这令人艳羡的往事，一直在豫东平原的乡下存在，其中还隐藏着一个我，我也会在夜半时分，多闻几下这飘来的香气。

随后而来的人，多是些成年人，他们逮蝉蛹的目的并不是入锅下酒，而是打发这漫长而又炎热的夏夜。豫东平原的夜晚没有凉意，蒸笼一样的屋子容不下人，他们或盘踞在村头的槐树下纳凉，或趁着夜色寻找自己的孩子，怕孩子在夜里走得太远。豫东平原虽无沟壑，但是一些坑塘和河流还是有一定的安全隐患，再加上豫东土地坑坑洼洼，这些年长的人怕孩子崴脚，于是呼喊声穿透夜色，孩子的回应声此起彼伏。豫东平原的夏夜，是如此的富有生机。

最后加入逮蝉蛹的人，多半在蝉破土而出的尾声时分出动，他们借助蝉的名誉来书写豫东平原的乡野情史。一些半大不小的青年，踩着轻轻的步伐和淡淡的薄荷香前行，他们一起钻入乡村的玉米地，像飞鱼一样。经不起撩拨的人，再也按捺不住夜色的煎熬，在男人甜言蜜语或孤独的生活里，也随着孩子的灯光走入这浮乱的暗夜，他们一起消失在玉米地里，一阵风吹过，一片叶子的沙沙声，掩盖住了其他的声音。

夜宿豫东平原，便会赶上一场乡村的狂欢，他们在文化史上是看不见的，一些东西在安静的夜里被屏蔽掉，只剩下生动的呼吸与一些庄稼汉子木讷的思考。

在梦里，一些人变成了蝉蛹，他们在生活的夏夜里挣脱。很多人如蝉蛹一般，在土里蛰伏多年，然后经过努力，终于在夏天破土而出，经过痛苦的挣扎才能脱去那层包得很紧的外衣，然后慢慢展开稚嫩的翅膀，可是随着秋风的到来，生命也到了尽头。

多年的等待，只为盛夏的那声响亮的鸣叫。短暂的盛夏成为它们一生的寓言。

蝉

在豫东平原上，蝉站立在枝头，用嘶哑的声音鸣叫。没人理会它们，也没有人喜欢它们嘶哑的嗓音。它们为浮躁的夏天增添了几分聒噪，当人们渴望秋天的清凉时，它们仍然在拒绝秋天。因此，在世人的眼里，它们成为世界多余的那部分。可是谁又能真正走进它们的世界，倾听它们的内心呢？

蝉不求别人理解，只为活在自己的世界里。

"垂緌饮清露，流响出疏桐。无人信高洁，谁为表予心。"不是它们高洁，也不是它们张扬，而是它们执着，它们执着地用一生去等待一个短暂的夏天。这种精神是这个世界所缺少的，因此它们成了另类。

它们用嘶哑的声音搅乱了整个夏季，成为别人排斥的对象，可是它们不退缩，仍然按照自己既定的生活轨道去歌唱。在世俗眼里，它们是另类，可是在那些失意的文人志士眼里，它们张扬不屈的个性又成为文字的一个暗喻，它们希望通过文字向世人传达一些别样的声音，因此它们活在唐诗宋词的意象里，成为一种文化隐喻与解码符号。

当它们站在树的枝头用嘶哑的声音鸣叫时，它们看到这个世界上的一些丑态，但它们只是冷冷地看着，不知道怎样去劝说人们放下心里的魔念，重新寻找一个生命的支点。它们无能为力，因为它们只有一个属于自己的短暂的夏天，只能不停地鸣唱，不停地呐喊。

它们站在枝头，看着世界对蝉的误解，在朱自清先生的《荷塘月色》里，有着月下蝉声的描写，可是一些人在这个问题上执拗地对朱先生说，蝉是不会在月下发出鸣叫的。这时，蝉笑了。朱先生还专门询问了生物专家，最后得到确切的答案，在月下，蝉是不会鸣叫的。它们又笑了。

这个问题一直困扰着好学的朱先生，那种焦急的等待成为朱自清人生一个难忘的梦，直到再次听到月下的蝉鸣叫，他才喘出了一口气。

它们不愿多说，反正在人们的眼里它们一无是处，永远都是人家的陪衬，比如："蝉噪林愈静，鸟鸣山更幽。"是啊，它们衬托出一种意境，成就了一个人类情感共鸣的神话。

秋风起，它们知道自己的日子快要结束了，马上就要成为干枯的硬壳，用硬壳去铭记这段鸣叫的岁月，用聒噪去沉淀这个夏天的浮躁。它们毫无怨言，而是勇敢地站在枝头，用嘶哑的喉咙为自己唱上一曲葬歌，去缅怀即将逝去的青春。

它们不后悔，站在枝头鸣叫，等待风起的日子。

蝉 衣

一些蝉衣，紧紧抓住豫东平原的草木，也许这是蝉丢给世界的外衣。蝉的肉身高居叶尖，留下一些陈旧的往事置于异地。这些远走的孩子恋家吗？

蝉衣是豫东平原最简易的房子，容不下生物，只能安放一些远走的灵魂，譬如像我一样远走异乡的人，总能在蝉衣里看到家乡的影子。

蝉衣被一些孩子捡走，然后孩子们往蝉衣里填石子、泥土，他们脸上露出狡黠的笑。当一些收蝉衣的吆喝声在豫东平原上空飘荡的时候，这些孩子拿出蝉衣，一夏的劳动，换来小小的满足。

他们不知道这些蝉衣会被送进中药店里。《本草纲目》记载："蝉，主疗皆一切风热证，古人用身，后人用蜕。大抵治脏腑经络，当用蝉身；治皮肤疮疡风热，当用蝉蜕。"当你在中药店里，看见那些散发泥土味的蝉衣时，你会想起故乡吗？我会，我会想起那些狡黠的孩子。也许，我买的蝉衣里，还隐藏着石块和泥土，那是乡村的泥土，是乡村的味道。

一些蝉衣被遗忘在高处，它们会被乡村的暴雨冲下来，会被故乡的风吹下来，然后零落成泥碾作尘，被尘世带到看不到的地方。

蝉衣是被季节掏空的肉身，然而我的故乡呢？这些人，这些树，这些庄稼，被一些车搬往城市，故乡空了。而村人蜗居在城市的陋室，干着被人看不上的活，遭受着别人的白眼；这些树，被人截肢，然后被一把刀雕花，搬进城市的高处，不见一丝土地，它们憋得发闷；这些庄稼，被散向四周的菜市场，有时候听见一两声熟悉的方言在叫着物价，它们喊着老乡，但是这些人听不见，他们的脚步远了，留下哭泣的庄稼。

蝉衣没有人和庄稼那么幸运，它们固守乡村，是故乡的留守儿童。它们知道，一个村庄空了，不能没有人气，它们拼了命地呼唤，就是想唤醒豫东平原丢失的人气。

　　蝉衣站在树的高处，看过往的每一辆车，二婶走了，四爷走了，他们的田地荒芜了。有时候看见一些返乡的人，它知道，故乡的麦田黄了，如果不是这样，这些迷失在城里的人就不会回来。

　　蝉衣冷眼看乡村，看故乡的一草一木。蝉衣老了，正如乡村老了一样，它用老眼昏花的目光看云朵，看满地的羊群。

　　蝉衣丢了，我再也找不到夜幕下的灯光；故乡丢了，我再也找不到雨打屋檐的散章。我，再次拿起笔，为故乡的蝉衣书写，为故乡的往事书写。

故乡的麻雀

故乡，蛰伏在豫东平原上，除了繁育草木，还喂养一些鸟，譬如：麻雀、斑鸠。

麻雀在豫东平原广袤的土地上自由地栖息，俨然成了这片土地上的主人。故乡的人也没把它当成外来的客人，而是亲切地称呼它为"家雀"。家雀不避人，谁家的麦子熟了，就落在谁家的麦田上。

麻雀是乡村摄影师，它在不同的高度或角度取景。一会儿俯冲大地，在事物的隐蔽处观看过往的行人、天上的云朵，一会儿又飞上高枝，俯瞰整个乡村的晚景，一缕炊烟，一排矮房，都落在它的眼睛里。这乡村的摄影师，将乡村最安静的时刻拉进相框内，而此刻的麻雀又被我这个偷窥者写在白纸上，我突然想起卞之琳的《风景》，不知道是麻雀装饰了我的故乡，还是我的故乡装饰了麻雀的眼睛。

我喜欢麻雀，是因为麻雀具有佛家坐禅的定力。它们有时候落在消瘦的稻草人上，眼睛望着远方，一动不动；有时候站在电线杆上，爪子牢牢抓住冰凉的电线，半蹲着，缩着头，眼睛木然地望着前方，一分钟，两分钟……这麻雀像入禅的僧人，不被万物干扰，只归心佛祖。

也许，麻雀是一位哲学家，它在天地间思考一个深邃的问题，这原野上劳作的人来自哪儿？又将走向哪里？他们将土地上的植物搬向何处？

麻雀往往成群活动，你看，一片乌云般的鸟影遮蔽了庄稼；你听，"轰"的一声响，这些麻雀就散进草木中了。那些年，麻雀被定性为"四害"，这些小东西被人伤害着，但它们却对人没有一点怨言，依然飞向民间。它们在庄稼的枝头跳来跳去，这些叽叽喳喳的麻雀在开家庭会议吗？我想多半是的。麻雀是一个以家庭为单位组成的群体，它们在行使着天赋的权力，也许它们关心的事物很琐碎，无非是些谁家的麦子泛黄了，谁家的玉米颗粒最饱满。它们没有向人类扩张的欲望，它们向往和平。

故乡的麦田渐渐消失了，那些站立的稻草人也不见了，一些麻雀也不再和人类玩捉迷藏了。它们一拍翅膀飞向城市，躲在城市废弃的工厂，开始娶妻生子，繁衍后代。

近些年，麻雀彻底消失了。我问母亲："故乡的麻雀怎么说走就走了呢？"

母亲笑了笑说："你闻闻这刺鼻的农药味，麻雀能留恋吗？"

是啊，也许在黎明，一只麻雀喝了晨露，然后就一头栽倒在地头。这晨露里满是化学元素。它们逃向城市，或者逃向远方，像流亡者，这逃难的鸟，让我想起一直在逃亡路上的人。

江南的春天，花多鸟多，然而在北国，春天无非是一些杏花、梨花、桃花等。这些花养不住娇贵的鸟，只能留住麻雀，麻雀不挑地方，只要给一片土地，它就会将此地当成故乡。豫东人多半不吃麻雀，一是麻雀太小，没肉；二是乡人传说吃了麻雀脸上会长麻子，所以没人敢吃。童年时代的我们，一年也见不上几次肉，便偷偷地将麻雀逮来架在火上烤，然后一人一口细细地品味，后来我们的脸上并没有长麻子，才知道这种传说或许是乡人有意为之，目的是保护这种卑贱的鸟。

四婶在人生最后的日子里，一直和庭中的麻雀对话，她的儿子名字叫雀儿。当初叫这个名字无非是名字贱，好养活。雀儿倒是无病无灾，但是考上大学后，一转身飞向远方的城市，留下四婶一人在乡村里苦守。她守着满院的家雀，却等不到飞走的雀儿。这些鸟知道四婶的苦，它们从不乱跑，每天在庭院里听四婶自言自语。还是鸟儿重感情，吃粗粮的鸟儿比这些吃细粮的人有温度。

字典上有个"门可罗雀"的成语，我想这乡村的雀肯定不喜欢这样的比喻。它们一直固守着人类丢弃的家园，人们却将门前冷落的境况用麻雀来比喻，这冷冰冰的比喻太伤人心了。

我小时候见证过麻雀的爱情，那是一出悲剧。那年，我和父亲在麦田里割麦，两只麻雀在电线上嬉戏，一只麻雀站在这根线上，另一只站在对面的电线上。我想这应该是两只青涩的麻雀，它们亲热地互啄，忘情处便伸嘴接吻，然后我听见"砰"的一声，一团火从电线上落了下来，两只麻雀瞬间成为焦黑的一团。青春就这样散了，爱情就这样没了。

提起麻雀，便会想起齐白石来，在一些书上有这样的记载："齐白石善于画麻雀，著名画家金拱北和王梦白都以画麻雀而名扬画坛。那时，齐白石还不喜欢画麻雀。不过，当他看了金拱北和王梦白画的麻雀之后，感觉不太满意。因为，他认为金拱北画的麻雀太真实，就如标本一样，而王梦白画的麻雀则太破碎，怎么看都像落水的麻雀。所以，齐白石决定自己要好好画一画麻雀。"

齐白石画过一只侧立于画的下半部的麻雀，这只麻雀仪态从容，平静安详，题款是："汝身虽小，能分鸡食鹤粮。"这乡野的麻雀，在齐白石的笔下变成有生命的个体，它打破了一切界限。还有一幅画，画了一根枯枝，上面站着一只麻雀，仿佛在寒风中瑟瑟发抖，他的题款是："麻雀麻雀，东啄西剥，粮尽仓空，汝曹何著。"我喜欢这样的画面：麻雀、寒风、枯枝。苍凉的事物往往最能打动人心。

我不知道齐白石的麻雀有几分是故乡的模样，他画中的麻雀多了些隐喻。然而我的故乡的麻雀，仍在贫寒地带飞跃，从一个枝头跳跃到另一个枝头。

其实，我也是一只故乡的麻雀，从一个地方飞到另一个地方，每到一个地方，身上都长满乡愁的羽毛。

鼠，乡村的逃亡者

　　老鼠先于乡村而存在，它们是豫东平原的土著居民。也许，在我的祖先未到此地之时，这里是一个鼠的王国，它和野地里的植物共生共灭。随着逃难的人占据此处，这里开始出现村庄，开始冒出炊烟，飘出鸡鸣，一个个晃动的人影将老鼠赶往他处，一道道土质的矮墙将老鼠隔绝在外。

　　也许，这只是人类的一厢情愿而已。老鼠自然不会轻易献出自己的领地，这个尖嘴长须、贼头贼脑的家伙在人类营造的空间里，疯狂地向人类反扑，撕咬屋子的门窗与家具，吞噬院子里的蔬菜与田野里的庄稼。人忍无可忍之际，便集思广益，为了消灭老鼠，他们展开了一场大屠杀，不论雌雄皆不放过。血腥的屠杀未能让老鼠从我们的生活中消失殆尽，显然我们低估了老鼠的智商，它们常常在意想不到的地方出现，把我们弄得筋疲力尽。我们不得不忍气吞声，让它们和我们和平共处。

　　其实，乡村的鼠史要比人类的乡村史久远得多，人类靠着自己占领豫东平原，在享受万物之灵的智慧时，也深深地陷入智慧所带来的愧疚里，这里本是老鼠的世界，人作为侵略者，理直气壮地将弱小者捕杀，留下豫东一地的逃亡。

　　老鼠成为人类最顽强的对手，白天休息，晚上便会溜入土屋。在夜深人静的时候，它们开始在房屋内游走，将粮囤打通，将门窗咬去一角，最不能忍受的是夜晚"咯吱咯吱"的撕咬声，这将熟睡的乡人惊醒。只要点上油灯，屋内顿时安静了，乡人找不到这些夜间的幽灵，他们不敢再将灯盏熄灭，于是黑夜中总会留下一些孤单的灯盏，它们替人类镇住老鼠。

那个时候，豫东的土屋多是砖坯所垒，墙壁上总会留下一些透风的缝隙，这些缝隙是老鼠自由的通道。母亲为了挡风，在墙壁上贴满报纸，我们躺在床上读着改革开放、计划生育的文章。这些纸张却堵不住老鼠的出入，夜晚常常听到老鼠从报纸里钻出来，父亲咳嗽了一声，顿时安静了，但是没两分钟，它走动的声音又开始在屋子内响起。第二天，母亲又得拿出报纸重新糊墙，墙上的内容又换成了新的文字。我识别文字的起源是从老鼠的恶作剧开始的。有时候这些可憎的老鼠会在深夜里从屋顶掉下，毛茸茸的身子落在身上或脸上，让人打个激灵。

鼠闹得太厉害了，村里便开始在美味的食物里拌上毒药，但是这诱饵里的毒药味道太重，老鼠能一下子识破。后来开始流行一种无色无味的新型鼠药，将它拌在麦粒里，总能见到贪吃的家伙丧命，这让我明白欲望是致命的。但是这毒药也让人类闹出了悲剧，一个人，横行惯了，就会被这种强烈的毒鼠药带走，或者一个未能理事的孩子，因为孩子母亲一时的疏忽，便会让人间多了座孤坟。人类制造的陷阱，不仅束缚了老鼠，也束缚了人类自己。

老鼠在家里待不住了，便会流亡到田野，田野里有蔬菜、瓜果，它们将一些蔬菜拦腰咬断，将一些香瓜打穿，流出一地的汁液。豫东的女人们在田野里便多了情绪，她们一边骂骂咧咧地数落田鼠，一边将田鼠的恶行带到乡村里，地里便多了些老鼠夹子。

乡村的黎明，将乡村的层次依次分开，最早的一批人踏着星星的光亮来到地里支网逮鹌鹑，这熬了一夜的母鹌鹑，发出吸引异性的喊叫声；另一类则是在天刚麻麻亮的时候，已经走在乡村的路上，他们是去地里带回昨夜安放的老鼠夹子，以防误伤家人，我通常会跟在这类人的身后，一边听他们讲故事，一边去地里看这些老鼠夹子是否除掉了老鼠，如果夹子上空空如也，便觉得很失望；第三类是夹着农具的乡人，他们进入田间阡陌，趁着天凉，多干些农活。

每年秋收，庄稼割尽，田野里便显得空旷了，一些很深的老鼠洞便能被人类发觉。贫穷的乡人便惦记着鼠洞里的粮食，于是举起铁锹在洞口挖了起来。大多数情况是开挖不久，便能看见田鼠的巢穴，还能看见满洞的粮食，这可憎的小东西也懂得未雨绸缪的道理，先将粮食储备充足，再与人类斗智斗勇。有时候，挖了很深仍不见田鼠的洞穴所在，父亲便会用水灌入洞内，让这些偷吃庄稼的田鼠在洞穴里被水葬。

这可怜的生灵，让人类哀其不幸，怒其不争。同样，田野里的蟋蟀却能活在人类的乡愁里。一个远走的人，可能在夜半时分想念他的故园，想念那些吟唱的蟋蟀，但是大概没有人想念好吃懒做的硕鼠吧？

直到现在，我仍在"小老鼠，上灯台，偷油吃，下不来"的歌谣里走不出来，这伴随我长大的硕鼠，却在人类的围剿下全面溃败，不仅是生命，还包括文化。倒是在西方的世界，一个米老鼠的形象拯救了这个被世人唾骂的生灵，让它在文字的世界里呈现出可爱的一面。其实，我们儿时的童谣里，依然有老鼠可爱的一面，试想，一只偷油的老鼠，等到夜深人静时酣饮，肚子慢慢肥大起来，像一个孕妇，这贪婪的家伙，再也没有来时的灵敏了。它躲在灯台上，挺着肚子傻了眼。

只是，人类的目光只关注老鼠生来携带的作恶因子，老鼠的目光也只关注人类的美食和粮食，并不怜悯在天地之间省吃俭用的农人，于是，在诸多的不谅解中便产生了敌意。

老鼠的眼光极短，要不怎么有鼠目寸光这个成语呢？在它们的眼里，只有这些闪光的麦粒、玉米粒，所以它们将他人的东西堂而皇之地占为己有。让人类在文化的源头对它呈现出恶意，这《诗经》里的魏风正是我故园的民谣，可见乡人对它憎恨到了极点。

如今，土屋被砖瓦替代，水泥浇灌的空间隔绝了老鼠的通道，老鼠被流放在外，它们躲在空旷的田野里。不知道它们是否会抱紧身子，在夜宿的洞穴里孤独地回忆往事。

卑微的生命

这些天，总是失眠，内心深处有一些无名的火，照亮黑夜需要熟睡的部分。我在深夜里，惧怕黑夜的到来。

总是在黎明时分才能睡下。梦，是繁复的，梦里，会有一些虫子，噬咬着故乡的肉身。

有时，自己与蛀虫为伍，和它们一起隐于房梁之上。

我没有尖锐的牙齿，不能将生活咬得咯吱咯吱响，生活中干硬的部分，留给我咀嚼、消化。

我将木梁咬空，木屑散落一地，男主人多半会骂上几句，但骂过之后是沉默。这是乡人的惯性思维，也是中国人的生活方式。沉默的大多数在隐忍中活着。

木梁、支插、檩子都会成为我的食物，我会掏空整个破旧的村庄，让村庄的旧居以各种非正常的名义死亡。

重建是一个大词。豫东平原上，到处大兴土木，旧木料被烧掉，我没有粮食，只能带记忆走。

新盖的楼房是明净的,那些低矮的土屋被拆除了。除了婚丧嫁娶,很难再看见过去的痕迹。我难忘每一座土屋的建造,它们在噼啪的鞭炮中架梁,上木料。在房顶的椽子上书写着建造年份。

那些年,总有一两个睡不着的少年躺在床上,看着木料上浓黑的字体,或柳体,或颜体,均为乡村朴素的语言。那时候,觉得乡村是有文化的,它的文化脱离土地,在高处盘踞着。后来,土屋消失了,我才突然醒悟,原来那一砖、一梁、一屋都是文化,且都留在乡土教材里。

雨天,我会对着蚯蚓发呆,看它们在雨中自由行走。我喜欢它们在雨中漫步的姿态,这样的生物,若托生为人,一定是旷达的智者。

蚯蚓生于泥土,死于泥土,像豫东平原上的乡人,从一出生就被烙上乡村的因子。我若有幸,定能与蚯蚓相遇。

有时候,在地里,随便掘开一锹泥土,便能遇见一只蚯蚓在翻新泥土。

我憎恨一些锋利的铁具,因为那总是将蚯蚓的身体一分为二,它们痛苦地扭动身子,像小时候我们被饥饿追赶时的样子。

蚯蚓会遗忘仇恨,在雨水里冲淡对尘世的累,看到雨中的蚯蚓,不知怎么就想到庄子笔下的乌龟,浑身泥泞,却自然逍遥。它们超越社会的藩篱,让这雨水多了层形而上的描述。

蚯蚓平日会在泥土中停留,会在暴雨中奔跑。我不知道怎样去定义它,是一个草莽英雄?抑或一个文弱书生?乡村不这么认为,即使是一个大人物,乡村也冠以植物的本性。

你看,在夜晚,会有一些手电筒的光照亮墙壁,这光惊起一村的狗吠。也会让一些熟睡的人被这半夜三更的动静叫醒,他们站在院落里,破口大骂。

这些亮灯的源头，一定有欲望升腾，他们是逮壁虎的人，这些人一只手举着手电筒，一只手拿根木棍，斜挎一个布袋寻找，用棍敲打、捉、掐断壁虎脖子处的筋骨，一气呵成，然后丢进布袋。这些人随后便是等待，等待一杆秤将这些壁虎转换成金钱，然后进锅、烘烤，贴上中药的名片，让壁虎经历下一个轮回。

一只壁虎的消亡，往往会有成群的蚊子趴在我们的凶残里。

蚊子是人类的另一种报应，它在人类制造的垃圾里藏身、繁衍，然后狠狠地咬住我们不放。身体上的红包，饭菜里的病菌，都拜蚊子所赐。

其实，在夜晚，壁虎是个大侠，它会飞檐走壁，能在墙壁上悬挂，那是它等待一只又一只的蚊子。但是，由于人类的介入，乡村的原始链条断了，壁虎不但没有得到人类的关爱，反而被追捕。

夜晚的阴谋，是安静的。

一些罪犯，也是安静的。夜晚，听不见喧嚣，唯有蝉声。你听，一声响亮的敲打，一定有一个夭折的生命。壁虎修行了那么多年，从没有伤害过人类，但是人类不念恩情，反而将壁虎杀害。

每次回乡，听见蚊子的嗡嗡声，我便想起壁虎。一个鲁提辖式的人物，为社会所不容，倒在了阴谋里。

如果说乡间的猫有九条命，那么壁虎也不一般。每次想到壁虎的断尾求活，我心里便多了份敬重。

活着，真好！用痛来换取一段复活，唯有壁虎知晓如何涅槃。非一般勇气和忍耐，恐怕不能存活。

想到这，我想起春秋战国的侠士，他们个个都是舍生取义之人，把死亡看得轻飘飘的，为了守护一个秘密，甘愿用血喂养寒刀。这举动，也让外国人很是惊讶，他们看中国人一个个奋不顾身地舍身赴死，便觉得不可思议。

不是每一个人都能活成壁虎，他们没有那份定力和隐忍。乡间的人，活成蚂蚁的居多。

蚂蚁是社会的缩影，它们秩序井然，等级分明。它们在路上不停地奔波，像极了我的父辈。它们一辈子也没有摆脱贫穷，而最终只不过觅得一个洞穴而已，人类的坟墓和蚂蚁的洞穴有何区别？

蚂蚁，一直在储藏粮食，父辈也是如此，但是这满洞的食物经不起人类一锹的挖掘。

像蚂蚁一样，将脆弱的生命放在乡村厚重的土地上，一起看乡村落日。

我怀念故乡微小的生灵，它们在乡土世界里替我们经营乡村的宁静。我若活着，必定活成它们，与它们一起，在乡村的胸膛里，书写鲜活的生命书。

第三辑　物之轻语

孤独的稻草人

> 稻草人，内心如草木般简约
>
> 在此处
>
> 等待
>
> 等待命里的终南山
>
> ——题记

守望者

路过豫东平原，总会看见稻草人立在田野上，它们身形消瘦，目光坚定地望着远方。说它们是稻草人，其实是一种美称，乡人用两个木棍绑成十字架的模样，有时候在它们身上缠些麦秸和干草，让它们穿上农人的旧衣服，就成了豫东平原上最孤独的守望者。

一场风，就会吹动稻草人那空荡荡的衣服。有时候看见它穿着一身熟悉的旧衣服，便会想起已故的人，或远走的人，努力把稻草人想成他们的模样，让稻草人代替他们重新唤醒关于豫东的记忆。如果一个人企图去读懂稻草人的世界，这显然有点难度，在它们坚定的目光中，除了映照乡村，别无他物。

我一直认为，世界的中心在中国，中国的中心在河南，河南的中心在那个叫作草儿垛的地方。稻草人在世界的中心静立，不卑不亢的姿态像极了河南粗犷的汉子。稻草人站在野外，是乡村的坐标，一只狗总会准确地找到它，一只麻雀也会准确地找到它。

也许，日暮时分，一只麻雀落在它的肩上，安静地望着远方，它们的目光一个比一个深邃。一只狗，看不懂它们的世界，只好围着稻草人蹿来蹿去。

我时常在想，这稻草人在为谁守望呢？

这乡村的深处，定有稻草人的亲人，是那些繁茂的树木，还是那些植物的秸秆？我猜想，稻草人一定知道。它站在村头的土地上，看每一个黄昏的来临，看每一只飞鸟落下。一个行色匆匆的人总会露出内心的怯意，将亏欠故乡的良心债留在脚步里。

这沉默的稻草人，又是为何而守望呢？是为被这城市掏空的村庄吗？

看人们走时那无情的眼神，稻草人定然不会为他们坚守。稻草人是故乡的留守儿童，它感谢每一个风轻云淡的夜晚。一只狗，偷偷溜进它的领地，撒尿、拉屎。

它只是想多看一眼这村里的旧居、树上盘踞的鸟窝、村口卧着的石磨。它们都是故交，都已到了耄耋之年，都了解彼此每一个隐藏的细节。

稻草人是一位思想家，它看风，看雨，看云朵，看过往的行人。一阵风顺着田野奔跑，稻草人看到一片丰腴的肚皮，那是玉米的孩子。一滴雨，总会落在干渴的眼睛里，让恐惧的乡村变得温润起来。一片云，在天上变幻着姿态，让我想起白云苍狗的句子，时间在慢慢地变得苍老。

孤独者

在空旷的田野上，稻草人是个异类。虽有草木之身，但无草木之心，披一身破旧的衣服撑起人的模样。人当然不会想起田地里那一个个沉默的肉身，植物嘲笑它，飞鸟嘲笑它。一只乌鸦，在它的头顶向另一只乌鸦求爱，发出聒噪的告白，让稻草人羞红了脸。也许，稻草人最能镇住的就是那些微小的生灵，一只麻雀，在它的肩上抖抖翅膀，似乎在验证它没偷窃过一粒麦子。

它站在豫东苍茫的大地上，看远处的炊烟，听近处秋虫的鸣叫。但是，离它最近的，除了身边的稻草人，还是稻草人。地里已经没有庄稼，收割后荒凉再一次侵袭它的身体。

也许身体的孤独并不可怕，可怕的是灵魂的孤独。稻草人站立此处，能够洞察到每一个细微的片段。它用一双眼睛，揭开乡村内部的孤独。

一只狗是孤独的，太聪明了不行，太笨了也不行，它时常在装傻，用中庸的姿态去讨好它的主人。一把铁锹也是孤独的，它常常不知道自己来自哪里，最后又会去哪里。有时候被主人扔在废弃的厢房内，有时候又被主人夹在腋下，行走在乡村的小道上，一会儿锄一棵草，一会儿铲一堆粪，居无定所地在乡间游荡。

稻草人时常能看到张老汉失神的眼睛。自从老伴走后，张老汉明显地衰老了，脸上的皱纹像丘陵风貌，层层堆在一起。天不亮，张老汉就在村头的地里游荡，对着土地唱悲悲切切的《大祭桩》。在没人的时候，也会躲着孩子溜到老伴的坟前，打开收音机，唱《赵铁贤哭坟》片段。也许，他心里的苦只有稻草人知道，因为孤独的稻草人已将自己修炼得能够看透红尘。

光棍二狗总是提个酒瓶，醉醺醺地对着稻草人吹酒气。这孤独的汉子，最害怕回家，一到家就感觉那孤零零的房子压得他痛彻心扉。本想找一个本分的姑娘过日子，没想到家庭成分太高，没人敢和他结婚，于是他成了村里唯一的光棍。他最怕夜晚空气里飘荡的女人味。

他的疼，稻草人懂；他的孤独，稻草人知晓。

苦难者

那年，一个外地嫁来的媳妇，丈夫过早死去，留下一个不争气的儿子整天偷窃。今天偷东家的玉米，明天偷西家的鸡，隔三岔五会有一些妇女围在她家的大门口破口大骂。这个女人，没能教好儿子，最后，女人抱憾而去，留下一段悲凉苦难的往事。

其实，稻草人知道这个外地女人内心的苦，夜半时分，她总是坐在稻草人的身边痛哭，数落不争气的逆子，稻草人是她唯一的听众。稻草人总是静静地听她诉说，为她保守秘密。在村里，她一提到儿子，别人便会一脸鄙视，因此她从不敢去人多的地方，总是一个人待在家里。想起她，我就想起鲁迅《祝福》里的祥林嫂，这两个人的遭遇竟是如此相似。

稻草人，或许是痛苦魂灵的引渡者。它默默站立，用包容的姿态让女人一次次挺了过来。

稻草人无法忘记那一年，一个披着红盖头的女人从它的身边走过，它分明看见新娘脸颊上的泪痕。父母包办的婚姻让新娘苦不堪言,她试图一死了之,但是在生活的围城里,她慢慢麻木了,觉得人生也就么回事,眼一睁一闭就到头了。

稻草人的脚下,曾经是一片苦难的土地。那时,乡人知道干旱、蝗灾,但是从不敢说出来,他们知道这句话的代价,怕说出来乡亲们泄了气,毕竟日子还长着呢!稻草人一直站在乡村的土地上,不悲不喜。我把它们当成我忠厚的兄弟或者沉默的朋友,它们在天地间书写对生活的盟约,保护一颗麦粒,吓走一只麻雀,在最温暖的地方扎下根去。

这苦难的稻草人,守着这荒凉的乡村,宽恕了所有伤害过它的事物。也许,在不久的将来,这田野只剩下空荡荡的孤独,唯有它昂首挺胸地站着,像父亲永不弯曲的腰。苦难,一定会被生活拉进乡土的文化里,豫东平原最大的苦难是渐行渐远的乡村。

被记忆淋湿的器皿

喜欢在乡下行走,盯着老房子背后的器皿,穿行在时间的河流上。那时候,我在乡村的器皿中阅读故乡,总会被一些质朴的面孔和柔弱的内心所打动。

我知道,在器皿的磨损过程中,总有一些时间遗落在故乡里。直到现在,仍在记忆编织的往事中可以体会。它们是生活中的舌头,替我品尝豫东平原所有的味觉。

酸——粮食酿造的风雅

深褐色的瓮缸,总是站在厨房最显眼的地方。一缸的暗红色,酸味扑鼻。母亲说,乡村淋的醋最为上口,我相信这样的说法,因为我喜欢用这淡淡的醋来解渴。

母亲淋的醋,顺着我的记忆浸泡开来。放学回家,一进门就掂起木瓢,舀出半勺子红醋送入喉咙,那种感觉比喝橙汁要舒服很多。这红薯酿造的汁液,实在是乡村最好的冷饮。

　　这醋，男女老少皆可入口。一瓢醋，实是一次温暖的握手，让彼此呆板的生活生动起来。

　　我不知道在文字里，吃醋的文化源头在哪里。在豫东平原上，吃醋仍然坚守着乡村的本意，那是一缸透彻的单纯。

　　乡村的所有赞美都给了记忆中的醋，但是谁能记得这质朴的瓮缸呢？它来自哪里？或许，我们应该看到故乡的那一窑炉火了。也许是在暮色下，也许是在晨露中，一群光着膀子的汉子，用笨拙的锹将泥土和在一起，自由的泥土，奔向一个约束的围城里，那里全是规则。一些人跪在太阳下，祈祷烧出一窑好瓮缸，终于在一个烟青色的黄昏里，它发出暗红色的光泽，虽不明亮，但是集中乡村所有柴火的烘烤，榆树、柳树、枣树混合在一起，叫醒那一段漫长的等待。

甜——瓦罐滋生的味觉

　　六月的麦田，总是充满了杀戮。植物的生命书中，会写上一段麦芒和镰刀的交锋。一些干渴的舌头，等待老井的水，水能滋润干渴的喉咙。一些打水的罐，便会随着祖母缠脚的碎步前行，送到六月的田间陌上。六月的井水是最甜的，父亲经常这样告诉我，但是我不懂，直到我握着一把镰刀，站在六月的深处时，我信了。因为六月太干渴了，一切都没有一罐井水来得甘甜。

　　我时常看见，一些灰色的瓦罐，被一个女子细长的手所环绕，她匆匆奔向清水粼粼的河边，去吟唱瓦罐六月的颂词。

深冬的夜晚，瓦罐像一个被打入冷宫的妃子。它冷冷的模样，让人觉得心寒。但是，瓦罐只能被六月黄金般的宫殿所接纳，却并不被这深冬的夜色所喜爱，哪怕是一个暧昧的目光也好，但是，一个冰冷的后背挡在面前。一个暗色的瓦罐，体会到了乡村的冷暖，那老井里微甜的水，会藏在木桶的怀抱里。

尽管躲在农家柴扉的角落里，但是它总是做着六月黄金般的梦。金黄是贵族色彩，这贫苦的乡村，唯有六月才能沾些贵族气。我一直不喜欢这耀眼的黄色，而是喜欢这深褐色，由土地蜕变而来的器皿，总是显得胸襟广阔，这源于黄土包容的本性。

苦——生活沉重的暗疾

乡村的身体里，总是隐藏一些暗疾，与表面看似平静的乡村，玩着游戏。它们的嘴，总是牢牢地堵住乡村的出口，只有药罐，才能知晓乡村深藏的暗疾。

故乡的药罐，多是砂锅的材质，这种锅乡村并不多见。我记得村西一个破落的地主家有，每次乡人去他家借砂锅时，他总是一脸的媚笑。我知道这也是乡村的暗疾，只是人们不了解罢了。作为一个成分较高的地主少爷，他在乡村里是不受待见的，人为的划分割裂了一些乡村的温情，唯有乡人迈过这个木质的门槛时，才能觉得乡村更像个乡村，他企图用笑容来消解一些看不见的东西。

不管怎样，这种砂锅装满了豫东的愁容。每次吃药时，母亲总是让我躲在屋子里，不敢见阳光。我不知道，为何要让悠远绵长的中国医术躲在黑暗的角落里。砂锅自然也逃不过被人忌讳的厄运,它是晦气的,一些贼都不会惦记它,它可以安稳地在乡村里酣睡。一些借用的药锅归还时,需要在锅里放一把粮食,用草木的阳气压倒药锅里的阴气。这是一个约定俗成的风俗,像语言的形成一样。

熬完的药渣不能私自倒掉,必须在黎明无人时,倒在乡村的十字路口,让众人践踏,让众人替生病的人分担阴气,如此才能康复。中药里藏有太多隐秘的东西,与道教的神秘不谋而合。我突然品味出道士和医学的关系,张仲景是道士,孙思邈是道士,同时也是医术高明的中医。

我知道,这药罐里面,一定藏有道士的法术思维。

辣——坛子暗红的乡愁

喜欢故乡的辣子酱,它通身都是怀旧的色彩。黄豆是乡村的隐者,总是躲在一些事物的背后,辣子酱里有它,豆腐里有它,豆腐脑里有它。豆子属于粮食,但是又能脱身而出,挤进菜的篱笆墙内。

我觉得一切关于黄豆和辣椒的事物,都会让我感动。我知道,在遥远的《诗经》里,我的黄豆就被人摘采去了,只是我在等待绯红的辣子。

黄豆是黄色的,是一种淡黄色,是一种鲜亮的光泽,但是当它碰到红色的辣子以后,便成功隐居了。一些红,开始洗染一坛子的风物,黄豆也变成深色的暗红。我知道这是发酵所致,但是发酵过程中,黄豆和辣椒是如此和谐。

辣子酱其实是一方天地,这里藏有乡村。人藏在粮食内,乡村也躲在粮食内。一些漫长的时光,总会被乡村的一些东西所分解。例如这一坛子暗红色的辣子酱，满是母亲的味道，一打开，就是一坛子的乡愁啊！

母亲的辣子酱，其实是一种怀旧的抒情。那年，母亲辣出的眼泪，一直被我留在乡村的坛子里。这乡村的坛子，就成为一部乡村的史书。没有一位诗人为它留下一行诗句，因为这坛子太寒酸了，没有镀金镏银，不符合官方富贵的文字。但是，在民间的草木中，却恰到好处，简单的颜色和质朴的色泽，都是历史的审美书简。

一个白净的馒头，蘸上一些暗红色的辣子酱，一下子就回到缺吃少穿的童年。简单的味觉，在流水般的记忆中泛滥。那些年，我围着坛子，闻到了金贵的味道。

一些明亮的火焰

生命的火盆

一盏灯，在高处悬挂，说不清是现实主义，或者是浪漫主义。但是，我却知道，地上灰暗的火盆，是乡村最古老的《圣经》。

火盆，多是泥土烧制，外形简单，这土头土脑的家伙，总是能适时地出现在合适的位置。一方土地，不需要广阔，一根火柴，一把干草，外加几个零落的碎木料，就能赶走屋子里的寒意。

豫东平原上的女人，对火盆格外亲近，因为火盆里，隐藏着一个女人含羞的炼狱。那年，我在母亲的肚子里折腾，母亲疼得在床上翻滚。床边的四大娘在火盆里点燃明亮的火焰，父亲蹲坐在屋外的门槛上，抽着旱烟，等待着那一声啼哭。但是母亲一声声痛苦的喊叫让父亲备受煎熬，他坐立不安的样子，一直被乡人取笑。

四大娘除了在土地里滚爬外，还兼私下接生的工作，她拨着火盆里的火，听它发出噼噼啪啪的声音，火盆旁边，烧上一大锅水。准备好高粱秆，把高粱秆的外皮削下，外皮很锋利，用来割断脐带。草儿垛所有奔跑的孩子，身上都有四大娘那双枯手的温度。

那个夜晚，我最先感受到的，是一堆明亮的火焰，它在火盆内，安静地燃烧着。母亲躺在床上，温柔地拥抱着我，父亲和叔叔们在饮酒，这些乡村汉子，喝着劣质的浊酒，脸色在火焰的映照下显得通红，有时候，为了一碗酒争得不可开交，手上暴露的青筋，像蚯蚓一样扭曲，随着劝酒的推让而蠕动。

火盆用质朴的身体，包容着火焰的野性，但是许多人会无形中，在火盆面前低下头来。他们都亏欠火盆一个温暖的致谢，木讷的乡野汉子嘴上不说，但是心知肚明。

每逢年关，火盆总是站在空荡的屋内，火苗一跃一跃的。如今的乡村，再也看不到这种远古的仪式了，人们早已讨厌这种烦琐的取暖方式，一捆干柴放在地上，直接点燃，看那虎虎生风的火焰，笑咧了嘴。

尽管这些与我渐行渐远，但我仍然无法忘记，那一团照亮生命的火焰，怀着感恩的心情，用文字来慢慢整理出当初那些质朴的细节。

童年的灶火

灶火，是乡村唯一能记住的温暖。西风过后，凛冽的风开始顺着门缝溜进来。屋内冷飕飕的，唯有站立的灶台能躲避这冬天的寒冷。

童年的灶火，是人生绕不开的话题。日暮时分，飞鸟归巢，母亲就站在灶台边，开始了另一段精彩的人生。这里尽管不需要春耕秋收，但是不下点功夫精耕细作，仍然会让年关的存粮挥霍殆尽。母亲总是在小麦磨出的白面里加些玉米面，这种馒头是我家的专利。豫东的每一户农家，都不屑于吃粗粮，然而到了年关，我家的美味，却吸引了一村的人，用节省下来的粮食换来的钱，总是能撑起光鲜的脸面。

夕阳西下，灶台上冒出的炊烟，在乡村的上空飘散。我时常说，那一缕缕飘逸的炊烟，是乡村的腰带，勒住了豫东平原饥饿的胃。这时候，父亲总是坐在矮凳子上，一边拉着风箱，一边熟练地往灶门里送柴火。这风箱，是豫东平原远古的歌谣，风箱杆一拉一推，空气中就传来吱吱呀呀的声响，在安静的夜色下，传去好远。

父亲常说，风箱是我童年的催眠曲，我总是躺在父亲怀里，一边听父亲拉风箱，一边看灶火在炉膛内燃烧。父亲拉着拉着，我就睡着了，梦里还有一团明亮的火焰在燃烧。其实，我的整个童年，多与灶火有关，因为在缺吃少穿的豫东平原上，唯有填饱肚子，才是童年最真实的梦。

如果说，童年的灶台是一首宁静的诗歌，那么父亲无疑是全世界最好的诗人，他总能将杂乱无章的柴火理顺，然后写出最耀眼的诗句。锅里的食物不同，父亲的用笔力度也不尽相同，有时候用文火慢烤，有时候用急火猛攻，这表面平静的灶火里隐藏着农家的智慧和生活的温度。父亲的另类诗歌里，满是乡土气息，一打开锅盖，就弥漫着一股麦香。

童年是温暖的，因为在那个叫作豫东平原的地方，总会有一处炉火，在乡村的中心燃烧。我是那个观火的孩子，用干净的瞳孔，看出了世界的纯度和净度。

中年的灯火

人到中年，总是会莫名地想起那盏灯。那盏灯，一直挂在老屋的梁上，棉花做的灯芯，煤油做的灯油，一个废弃的墨水瓶做的外壳，简约到了极点。我知道，简约是乡村的灵魂。

那盏灯，其实是回忆中的一盏油灯，但带有乡村的温度。因为父亲时常举着那盏灯在深夜里去给牛羊加料，一盏如豆的昏黄，在寒夜中是如此的温馨。

人到中年，经历的沧桑多了，心就开始变得苍凉，也许秋意的余晖，更适合此刻的心境。可能你会感到困惑，当年那个满腹激情的乡里小儿，怎么会在城市的灯火中沉沦呢？

中年的我，好像是一个多年修道的人，一下子顿悟了，突然觉得那盏灯一直都在记忆里。也许，人生的夜路太多，需要这样的一盏灯照亮生活。而立之年，其实不配谈人生，但我觉得豫东平原的乡村，一定还残留着一个孩子的气息，散发着吃红薯干、放红薯屁的味道，这与城市灯火里那一杯呛人的咖啡味相差太远。

我在陕北的小城里，总会无端梦见那一盏灯，梦见自己被尿憋醒，看着窗外黑森森的夜晚，不敢下床，总是尿湿了被窝。第二天，母亲会迎着阳光，晒这些湿漉漉的被子。第二天，憋醒了，举着这盏灯，颤巍巍地走出屋门，看着这黑漆漆的夜色，好像有无数双眼睛，在窥探自己，顺势在墙根下尿了，然后风一般地钻进被窝。

油灯仍在，父亲坐在灯光下，与牛羊对视。我知道，这是父亲体会善的另一条通道。父亲作为一个屈辱者，一直在乡村的伦理下唯唯诺诺，一直不敢对这土地上的权力骂一句。此刻的他，安静地坐着，可以什么都不想，也可以什么都想，像朱自清先生在荷塘里一样，只是一向文盲的他，不知道在文字里，有一个和他是如此相似的人。

在父亲的油灯中，牛羊有一双干净的瞳孔，它们总是用善的意念去面对杀戮和阴谋。表面温暖的干草，随时会变成为一条结实的绳子捆住它们，但是它们知道远方也有一个被生活宰割的人，境遇和它们如此相似。它们一如既往地在豫东平原的灯火中等我，等我返乡。

暮年的烟火

暮年，是一个得过且过的词语。乡下人常常戏谑说半截身子已经埋进黄土里了，只等那一锹黄土掩埋。说起暮年，我觉得它是我人生的一个大词，或者说，应该是一个返璞归真的时刻，一些恶，早已被生活阉割，只剩下老人望穿秋水的等待，等待那些远走的孩子。

我喜欢用烟火来形容暮年，虽然转瞬即逝，但是却有一道美丽的弧线或耀眼的光亮。也许，这道光散得太快，散得儿女满心凄凉。

我喜欢乡村寒冬带有浓浓泥土味的阳光。一些老人并没有被严冬的寒意所吓倒，而是安逸地靠着墙根或柴火垛闭目养神，远看就像一尊慈祥的大佛，也许他们对于人生的思考早已超过了哲人，并且深深地刻在泥土里，只是我们没能体会到。或者，我们对于暮年的一些猜想，总是怀有一些想当然的成分。

一些老人，即将被乡村的墓碑所铭记，即将被这块厚重的土地所接纳，但是，好像看不出他们的恐惧来，他们微笑着的皱纹，依然在乡村的生活中散发温暖。东头的满囤靠着树睡着了，西头的满仓，还没来得及抽最后一口旱烟，村人常常叹息地说："怎么说走就走了呢！"

暮年，只是一段较为难走的路。灶火少了温度，灯火少了亮度。

我喜欢白居易的《睡觉》："老眠早觉常残夜，病力先衰不待年。五欲已销诸念息，世间无境可勾牵。"好一个无欲无求的白居易，我暗笑他的愚。这些哲理，故乡的老人早就悟透了，只是没有说出来而已。

辘轳、女人和井

我猜想，豫东平原原本一片荒凉。当井出现后，便有了万家灯火，便有了乡愁。

井，古字为"丼"，从文字的形状来看，像树枝捆绑的栅栏，围住一块空白的土地，为了标注出来，便将空白的土地上，点上浓重的一墨，这就犹如大地突然开了眼。

其实，就这么一点，文化的习俗大为改变。也许在远古时期，人们逐水而居，像极了游牧民族的思维。可是出现了井，农耕文化真正确立了。我常常这样猜想，一群人，围着水井祭祀，然后结庐而居，开始垦荒，开始打铁，开始繁衍。

不信，你听《击壤歌》："掘井而饮，耕田而食。"一股远古的民谣气息，将复杂的历史变得简单起来。

是一口井，将历史的游牧之气冲淡了，从此中国步入了文明时期，然而井水的安居，便产生了一个人类聚集的社会。井，改变了人的生活的方式，改变了人的栖息方式。

小时候，常常对着"背井离乡"一词发呆，这远走的人，怎么能将"井"背上呢？后来才知道儿时的荒诞和直线思维的滑稽，这井蕴含着文化啊！原来这井是井田制的产物，古制八家为井，群聚，繁衍，然后产生民间市井。再后来，知道乡也是井田制的产物，怪不得叫故乡的旧人为"乡党"呢？

这些看似与豫东风俗无关的话，其实正是豫东文化联系的根脉。无论我走了多远，总有一些无形的东西，留在故乡的井里。有井了，故事便多了起来。沿着井水，一定能够找到一些远走的人和远走的风物。

故乡有一种风物叫辘轳。很简单的木质结构，笨拙地盘踞在井口。一条绳子将井上的人家和地下的水维系起来。和睦的样子，让乡村变得宁静古朴。

辘轳连着村庄的每一股炊烟和每一缸清澈的水。也许，辘轳是一个生活的检阅者，它能从水缸的高度觉察出哪家的人口多些，哪家的人口少些，或者辘轳是一个长舌妇，在絮絮叨叨地说着流年的往事。

我站在这里，听它叙述。一个扎牛角辫、穿花格子衬衫的少女，总是被后娘早早地叫起，然后趁着灰蒙蒙的天色，赶到这里摇醒辘轳。然后，一个贫困的少年，紧接着她的脚步，将满腹的爱意带到这里，可是不敢说，只能一次次地微笑而过。他只能摸一摸少女握过、温度尚未远走的木柄。后来，听说这姑娘远嫁他乡，少年再无笑意，抑郁而死。

这故乡的井水里，藏有多少哀怨的叹息啊？辘轳上，到底藏了多少故乡的秘史啊？这一切，唯有这井水知道。

井口旁，常常有流散的水滴，于是，井水边的那棵大槐树更加繁茂了。这棵大槐树比山西的大槐树可敬，一个是虚化的图腾，一个是真实的生长。

我知道，凡有井水处，皆可以听妇音。鸡鸣已过，村里多出些花花绿绿的衣服来，一把菜，一个竹筐，便有一些淘洗的声音。一个木盆，一堆衣服，便有了木槌敲打衣服的声响，豫东平原的空气里，飘满了女人劳作的味道。

隔壁寡居的大婶打开收音机的匣子，一边听着悲悲戚戚的《秦雪梅吊孝》，一边用力地摇动辘轳，将从井里提出的井水搁置一会儿，散了凉气，便飞快倒进牛槽里。没有男人的帮衬，牛成了她的伴侣。她总是能将家里的农活，赶在别人的前面干完，得到了一村人艳羡的目光。

夜晚的井，是寂寞的。除了散落一地的月光，就剩下这满地蟋蟀的吟唱。我喜欢雅致的文化从土地里走出，正如《诗经》里说的那样："七月在野，八月在宇，九月在户，十月蟋蟀，入我床下。"很喜欢这藏在床下的蟋蟀，它们是乡间井水藏娇的美人。将乡村的土味去掉，用浪漫主义的情怀，在故乡的井水里等待，等待一场文化的汲取。

井水边的大槐树，见证了一个青年热血的沸腾。

那年，知识青年上山下乡，一些城市里的青年人，便到了这里。为了表明自己扎根农村的决心，一些如花的女孩子，嫁给了这里的土地，嫁给了这里的淳朴，嫁给了这里的思想。

原先荒凉的乡村活了，她们在这里唱出响亮的歌声。什么《大海航行靠舵手》啊，什么《到农村去，到边疆去》啊，她们的欢笑声，让单调的乡村充满了活力。

这些单纯的女人，被生活困在这里。当回城的消息传来时，有的女人一狠心，将自己的骨肉丢在豫东的贫穷里；有些女人，一直默默地守护这片清澈的井水，不离不弃。如今，往事如烟，这些人也早已白发苍苍，她们感叹造化的无常，人生无根，飘若陌上尘啊！

这些老人，在井水旁的槐树下，一边洗着衣服，一边向我们讲述那些悲惨的往事。当时回城时，有名额限制，一些大度的男人，将有限的名额让给了他心爱的女人，当他回家探亲时，却发现这女人早已另嫁他人，男人想不开，便在这井边的槐树下上吊了。还有一些女人，感觉未来无望，便投了河，这是那时的悲剧，我们只能在井水处，慢慢地体会这冰冷的过往。

我喜欢站在井水旁，听辘轳沉重的叹息。如今，它们抱着冻得发抖的身体，守着即将消失的乡村风俗。也许，一个辘轳，不再是一个简单的乡间风物，而是一个难忘的时代守望者。

辘轳，站在这里，等待远走的那只孤雁。"胡马依北风，越鸟巢南枝。"它们相信，这里的井水，是一个温暖的田园，每一个无根的人，心底都藏有一滴清澈甘甜的井水。

这沉默的故物，或许留恋那时的桃花夭夭，或许是在怀念那时的杏花春雨，也或许是在怀念那时虎丘寺的钟声。

但是，如今，这斑驳的木柄，这满是旧伤的井壁，安静地蜷缩在这里，那些和它打情骂俏的木桶，都被遗落在存放杂物的柴房，或者被一把闪光的斧头劈开了肉身，化成了一堆暗黑的木灰。

一口老井，一架辘轳，等待六月干涸的心，也许那时，它将会以另外一种形式复活。

房子，乡村的胎记

也许，对于那个年代的乡村，老房子是唯一能揭开回忆的方式。

—— 题记

瓦——瓦蓝的头发

故乡的瓦，是对于乡村生活一种陈旧的描绘。你看，那些豫东的老房子，总是能捕捉一段远去的时光。

故乡的瓦，应该有贴身的名片，但是它们没有。人们只知道，它们是豫东平原上一片瓦蓝的头发。它们盘踞在生活的高处，吃着大锅饭。在豫东平原，没有人喜欢一片英雄主义的瓦，如果一片瓦充当了英雄，那么房内，一定有不间断的漏雨声。

故乡的瓦，从不儿女情长，因为这是一群具有哥们儿义气的瓦，信奉"一荣俱荣，一损俱损"的盟约。所以在豫东平原上，总会看到一些抱团的瓦在乡村中站立。这些瓦，其实是最孤独的风物，它们高高在上的恐惧感，唯有瓦工了解。

这些整齐的头发很有层次感，不禁让我想起曾经暗恋过的女孩的百褶裙，那也是一层一层地叠在一起的。但是百褶裙可以飘逸，这些瓦蓝的头发则必须稳重，否则就可能面临脱落的危险。

这些瓦蓝的瓦掉了下来，成为童年温馨的底片。姐姐将这些瓦片磨成小石子的模样，表面打磨光滑，然后躲在村口的那棵老槐树下，玩起了"抓子"的游戏。我和一些小男子汉，则会抱着一些破碎的瓦块，走到村西的小河边，用力一甩，河面上打起一长串水漂，然后看它们，一头扎进这个清澈的小河里。多年以后，黄河的水再也没有来过，这干涸的河底上，残留着一层破碎的瓦，等待着故人来认领，我常常在干涸的河床上，和牛羊一起怀旧。

我读小说《被雨淋湿的河》时，莫名地想起这片瓦蓝的头发，这走过四季的瓦片，不知是否能读出春雨的娇贵、夏雨的狂热、秋雨的多情、冬雨的荒诞。我想一定会读得出的，正如我能读出这片瓦的心理一样——它深藏着自卑和敏感。

如果一片瓦，消失了敏感度，那么就会失去瓦蓝色的语言。它最了解风雨过后身体的漏洞，一丝泻下来的阳光，会暴露出身体的弱点。乡人则会弯腰上房顶，整理这一片温暖的头发。

其实，对杜甫的《茅屋为秋风所破歌》一直不理解。这凌乱的茅草，原来是瓦片的先祖，竟然经受不住这一场西风，看来还是故乡瓦蓝的头发更靠谱些！

在豫东平原上，有一个词语让我坐立不安，"宁为玉碎，不为瓦全"。这分明是赤裸裸的歧视，但是它们似乎不为流言所动。这一片遮风挡雨的头发，是如此坦然，它们盘踞在屋顶，笑看风雨和霜雪。

　　瓦能保全的时候固然好，但是生活的深处，却还藏有一段悲怆的文化。在豫东平原，就有这样的风俗，一个死者在出殡之前，要有亲人为他摔瓦，这瓦一摔，已逝的人的魂魄就再也回不来了，阳间吃饭的东西已经被打碎，绝了念想。小的时候，看死人的家属一脸严肃地摔瓦，总觉得很恐惧，一段文化，用一段瓦来承载它的痕迹，我顿时看出瓦的卑贱来。也许只有一文不值的瓦，才能充当一碎的功用，其他的事物多半舍不得摔碎，这摔瓦里包含两者相较取其轻的味道，让我为这片瓦蓝的头发叫屈。

　　试想，在豫东平原上，有几个人懂得这片瓦蓝的瓦在乡村的血液里飞翔？又有多少人懂得这片高处衍生的"瓦松"，在中药房内安居一室，品位低处？

　　如今，再也没有人对"瓦松"说话，一些乱蓬蓬的枝丫，只能在牛皮纸围住的中药里看到，但是再也没人能认出来这"自小生出野里"的植物。

　　这片瓦，包含诸多女人的气息，从古语"弄瓦之喜"的词句中散发出来。

砖——沉重的肉身

　　乡村的房子落满了尘埃，更落满了历史的变迁。那时候的房子有蓝色的瓦，蓝色的砖，像一位身着蓝袍的秀才，和天空的蔚蓝色显得那么和谐。

　　在乡下，蓝砖和泥土相伴至死，这是一个公开的秘密。豫东平原是用蓝砖的力量堆砌出来的繁华，每一座房子上，都刻着乡村淳朴的箴言。在它们抱紧的身体内，总会有一些黄泥经受不住西风的瘦，更耐不住北风的寒，一场风，就会有一些黄土萧萧落下，留下斑驳的老屋，在豫东平原上咀嚼着乡村的孤独。

那些年，墙和土地总会在生活的检阅中变白，这些微不足道的白，堆满了墙根，但是这些白，尝试着在豫东平原的文化上突围，漏土、筛盐，让生活中的冷艳，转化成生活的温度，再变得可爱起来。

我无法忘记豫东平原的乡野汉子，在烈日下，将泥坯井然有序地倒在平坦的麦场上，像唐诗里面的七言律诗，工整平坦。烈日普照当然是好的，就怕一片乌云遮住了天空，一滴雨落下，就让乡野汉子和女人匆忙地归拢泥坯的身体。

乡村最壮观的场景，莫过于烧窑的盛状。四爷是村里的一尊佛，有他的地方就有威严。他喜欢站在高处，将手背在后面，然后吆喝一群虎腾腾的后生运砖、封口，每一个细节必须都精确到完美。当然，在封口之前，最难把握的就是烧火，炭火多了，砖就成了琉璃疙瘩，全成了砌牛棚、羊圈的下等货色；炭火少了，烧出的砖半生不熟，更是无用。豫东常常戏谑一个人的呆是"烧不熟的砖"，这带有贬义的词由此而来。

四爷站在窑顶，对着烈日叽叽咕咕说个不停，乡亲们听不懂他说的怪话。他说完就开始点燃炭火，四爷每烧成一窑砖，他的威望就升了一分。后来，村里的窑绝迹了，四爷便像没有了魂魄似的，眼睛里满是落寞和孤寂。

豫东平原的砖，经历了两个时代，一个是蓝天下，一个是砖土红。蓝天下靠着古典的色彩取胜，因为在它的烧制过程中需要大量的泅水，正如《红楼梦》中贾宝玉说的那样"女儿是水做的骨肉"，那么蓝天下里，暗藏一汪清澈的井水；而砖土红，则是窑通风技术完善后的私生子，只需要保持风的流通。然而，豫东平原的风是廉价的东西，所以砖土红很快就垄断了整个豫东平原。

蓝天下，成为落魄的文人，总是在深夜时分，读着当初在乡村的土地上写出的巨著。我知道，凡是上了岁数的房子，都裸露着岁月的旧伤，或者说它们的内心深处总有几个放不下的儿女。砖土红则不同，它以"一枝红杏出墙来"的姿态，迅速上位，将豫东平原辽阔的领地，填满高耸的肉身，留下那些蓝天下在低矮处蜗居。

这豫东平原上的砖，文静地守住了家园。可是有时候，一些目光肤浅的人，为了一些鸡零狗碎的生活琐事，一下子露出狰狞的面孔来。这些砖，成为最伤人的武器，让和睦的乡村出现一堵围墙。

梁——乡村的骨头

豫东平原上的树是安静的，但是乡人的心里却有一个日历，当一棵树的腰围足够丰满时，就会引来乡人的热议，也就意味着它走到了生命的尽头。三叔说："这棵树成了，是一根好梁啊！"梁在豫东平原有特殊的意义，一根好梁，相当于一篇文章里有一条好的叙事笔法。梁有了，房子的骨头就有了，檩子和椽子早就备好，就等这根梁功成名就。

在院子的空旷处，村里人一起理顺这棵树的纹理，就如同书写前将宣纸铺展一样。平整的梁，占据院落的重要位置，然后细细地刨光、打眼、剔槽。

房子到了上梁的时候，整个村庄都热闹了起来，是梁将乡亲们聚在一起，让彼此之间的距离拉得更近了。我突然想起"人非草木，孰能无情"的俚语，这是哪一个不懂生活的人说出这样荒诞的话啊？这个人，一定是一个心冷似铁的人，他将草木冷落到了极点。这草木之躯的梁，不是一个让乡村温暖的风物吗？我讨厌那些以个人为中心的想当然。

鞭炮准时响起，这个时候，院落里满是女人和孩子，男人们都在高处齐心协力地喊着号子，鲁迅先生曾说过，那抑扬顿挫的"杭育杭育"声，是远古《诗经》里的乐音。劳动中，隐藏着音乐的情愫，所以说，每一个乡村的人，都是土地上最好的歌者，他们在辽阔的天地间歌唱。女人们却聚在一起收拾菜肴，她们不顾满手的面泥，斜眼偷看这些粗犷的汉子，享受着生活的乐趣。

村里的老秀才，将毛笔沾满浓墨，写下"青龙扶玉柱，白虎架金梁"的对联，这饱含五行之说的风水，安逸地躺在屋顶的高处。

一些梁与乡村有关，我喜欢"头悬梁，锥刺股"的故事。在生活的低处，奋发刻苦是乡下人出人头地的最好方式，但是一些人却不懂生活所暗含的灰色。

父母总是希望我辈像梁一样挺直身躯活着，或者具有"宁鸣而死，不默而生"的风骨，但是我辈常常在生活的围城里矮了下来。

母亲的灶台

黝黑的屋顶,赤裸的墙壁,逼仄的空间,是留给母亲最大的舞台。母亲一双干枯的手,总是将苦难的日子,变得丰富多彩。这里,充满着理想主义色彩,将缺吃少穿的现实,凿开一孔亮光。母亲,站在厨房的灯光下,像一尊佛,慈祥中带有一丝微笑。

一口老锅

灶台,已经没有当初的模样,被乡野干柴的舌头熏染成漆黑色,它入乡随俗的姿态,也更加可爱。老锅从来没有自卑过,自从它蹲在灶台这个黑窟窿上起,整个院落便活了。只需一股炊烟升起,日子便像个日子了。再冰冷的岁月,只要一把柴火,人心就温暖了;再生硬的日子,一把米下锅,全都融化了。

也许,老锅的前生只是一坨黑铁,没有生活的温度,但是一炉炭火,就让黑铁有了中国红的喜庆。旁边的风箱,一开一合,优雅地将沉寂的风鼓动起来，这急促的风，在那黑暗的木盒子里左突右冲。这远古的铁铺，绑架了老锅，它是怎样变得如此圆滑的模样，它不屑于启齿，只知道当它怀着热气腾腾的理想时，被扔进一个冰冷的模具里，从此再也离不开那个漆黑的灶台。

　　一口老锅，是一位大度量的大师，它接纳过低贱的野菜，当一锅烂腾腾的苦水在它胃里翻滚的时候，它低调地沉默；当它将白净的面粉迎娶到笼内时，它依然平静地沉默，只有底层的水，能鼓噪它的欲望，但包拯似的黑脸，掩盖了内心的所有不平静。

　　夜半昏暗的灯下，父亲一边平静地拉着风箱，一边给我们讲风箱的故事。曾经，在魏晋，一个叫作嵇康的男人，光着膀子，亮出满身的肌肉，"叮咣叮咣"地抡锤打铁，一个叫作向秀的年轻人，也像父亲这样平静地拉着风箱。远处贵族的车马，听到这轻缓有序的风箱声，也许有些燥热，但在嘈杂的打铁声中，慢慢地静了下来，一下子顿悟，原来魏晋骨头比想象中要硬得多。母亲一言不发，微笑着听父亲说着陈年的故事，等待锅里的馒头飘出香气。母亲知道，夜晚时分，大锅要用它的深沉表达生活的维度。

　　大锅，沉默如佛，端坐在火的莲花之上。

粗瓷大碗

　　小时候的碗最是沉重，这笨拙的大碗，总是让我们吃力地端起，也许这样的大碗，与豫东大地饥饿的历史有关。长久的饥饿，让我们对食物有一种占有欲，海碗随之出现，因为它在争夺食物时，具有大肚量的优势。有时，为了填饱肚子，必须强灌下一肚子的清汤寡水，方能忘记饥饿。

从我记事起，家里吃的基本上都是玉米饼子，白面还是一种奢侈品。家里用的海碗都是一代代流传下来的，一个碗被我们姊妹几个打破了，必然会招来一顿毒打。第二天，父母却商量着去锔碗，因此我们的骨子里，深藏珍惜饭碗的种子。

看着一个个粗瓷大碗，内心竟万分膜拜。那个时候，家里也没有桌子供我们聚在一起吃饭，于是一个个聚集在门口，要么席地而坐，要么蹲在地上，手里端着海碗，嘴里发出哧溜哧溜的吃饭声，这就是整个童年时代给我的一个生活图景，并且时刻浮现在脑海中。

我很喜欢这样的方式，因为这样才能让人释放自己。如果一家人坐在一起吃饭，就避免不了有些压抑，并且有秩序和伦理上的束缚。只有在门口蹲着，才能肆无忌惮地用自己喜欢的姿势，让自己的身体获得安逸，才能让自己肆无忌惮地发出嚼食物的声音。

海碗是一个朴素的唯物论者，它杜绝奢侈，杜绝华丽。以一种最原始的底色，营造生活的氛围。我喜欢父亲举起海碗，用一种豪气冲天的姿态饮酒，他时常微笑着说，梁山的英雄，都是海碗英雄，那里没有借口，那里没有出路，唯有用海碗，才能消解生活的孤独。

海碗的世界，是男人的世界，用海碗吃酒，用海碗吃肉，是男人向往的方式。每次看到海碗，都有一种英雄主义的情结在里面。

海碗，平静如佛，围着一截凛冽的酒。

一瓢饮

最喜欢一句话："弱水三千只取一瓢饮。"这一瓢到底有多大啊？我理解这一瓢的容量，是在乡村的灶台上，它是丈量日子的最佳方式。

瓢，具有草木之心。它从土地的贫瘠里，了解到豫东平原的不易。一场干旱，可能就缩小了瓢的容量；一场及时雨，就扩大了瓢的容量。豫东平原上的瓢，是一种植物，或者称为菜葫芦。菜葫芦不娇贵，有一片立足之地足矣，这和豫东平原的乡人有些相似。

葫芦并非是那种葫芦丝的模样，它是一种底部宽、顶部细的圆形果实，幼时可以食用。入秋时，满墙的葫芦在摇曳，让贫寒的灶台显得有些底气，母亲总是将菜葫芦里的瓢挖出来淘洗干净，炒出的菜虽有些苦味，但极好吃。葫芦籽，即使晒干后我们也不敢食用，据说吃后会长出龅牙。

成熟的葫芦呈现出干黄色，轻飘飘的。父亲经常一手按住干葫芦，一手用锯锯开，将里面的瓢弄干净，就是一口上好的瓢。每家都有很多这样的葫芦，自然瓢也到处都是，你看舀水的、弄面的，各尽其职，从不乱用。

瓢总是默默无闻，要不是《论语》中"一箪食一瓢饮，人不堪其忧，回也不改其乐"的描绘，人们可能都不知道它与贫寒的关系，但是它是乡间的英雄，人们用生活的温度来纪念它。它孤独地立在漆黑的灶台上，与母亲一起苍老。

人们喜欢葫芦的英雄主义色彩，譬如林冲的酒葫芦、铁拐李的酒葫芦，甚至是葫芦娃，都带有英雄主义的情结，但那是属于葫芦的光华，瓢只是一种摘取光环的器物，默默地承载着农村的寂寞。

每当想起瓢，我就想起母亲，母亲一辈子都没离开过灶台，瓢也如此，我惊叹生命中暗藏的某些定数。

瓢，沉默如佛，在墙上盛开。

神奇的勺子

这不起眼的小东西，总会在夏蛙和鸣的夜晚入梦。我想起寒窗下，一盏昏黄的油灯，一把勺子，总会送来一些好吃的食物。这时，姐姐睡得香甜，我知道这是母亲夜半对我的恩惠，我从一把勺子里读懂生活，理解到爱。

盛夏，我睡在院中的老槐树下，母亲常常对着夜空中的北斗七星指指点点。我从夜半的星空读懂了世界，我与自然如此之近。我常常想，一个不起眼的勺子，竟然让夜半的世界丰富起来，也许这是世界留给勺子的一个念想，或者是给我的一个念想。每当我想起北斗七星，就想起夜半灯光下占领灶台的母亲。

后来，我背着母亲读闲书，看到勺子居然成了四大发明之一，我惊呆了。这神奇的勺子啊！我记得《管氏地理指蒙》里有这样的记载："磁针是铁打磨成的，铁属金，按五行生克说，金生水，而北方属水，因此北方之水是金之子。铁产生于磁石，磁石受阳气的孕育而产生，阳气属火，位于南方，因此南方相当于磁针之母。这样，磁针既要眷顾母亲，又要眷恋子女，自然就要指向南北方向。"我喜欢这样的描述，带有伦理上的亲情味，让一切冷冰冰的科学糅进生活的气息，立马温润起来。

勺子能触及灵魂中的一些痛。母亲的勺子并非总是饱满的，有时候，她也会对着空旷的厨房发愣。面缸里的面已经见底，而六月的新麦还未收割，母亲摸着勺子，暗自流泪。

　　一些生活的谎言都经不起勺子的度量，外面装得如何淡然，一回到家，一切都露了原形。勺子除了丈量温饱，还丈量着母亲爱的温度。我在母亲分配饭食的世界里深有体会。

　　勺子，沉默如佛，在贫瘠中艰难修行。

布　鞋

那些年，乡间的土路上，满是布鞋奔波的影子。它们是乡村内部的印章，盖在这尘土飞扬的黄土路上，书写乡村简朴的生活。一场雨，世界便泥泞了。屋前一串串脚印在黄泥路上任性地写意，长长短短，大大小小，各具情态。这乡村存留下来的另类文字，记载着乡村雨水的编年史。

布鞋，这沾满乡村土味的风物，需要碎布、艳阳及生活枯瘦的日子。记得小时候，村里报纸不多，唯一的报纸是乡上的邮递员送来的，尽管村支书不是文化人，但是在乡村，却具有文化霸权主义的味道，一些奇奇怪怪的事情，总是从那个土墙围成的院落中流传出来。

我总是小心翼翼地走进村支书的家里，面对一声高过一声的狗吠，我惊恐得不知所措，脸吓得通红，直到村支书家的女人将狗喝住，我才记起此行的目的。当我抱着一叠废报纸走出村支书家的门槛时，顿时觉得轻松起来，我不知道这轻松来自何处，是将村支书家的狗吠扔掉，还是逃脱了乡下的权力中心。原来，思想深处总觉得村支书家的那扇门背后有一个更为隐秘的世界，多年以后，才发觉那是骨子里对于权力根深蒂固的恐惧，或者说是一种乡野的官本位思想在作祟。

母亲坐在院子里，迎着毒辣辣的日头，一只手握着剪子，将那些破烂的衣衫剪成零碎的布块，攒在一起，这些零碎的布块在豫东平原上有一个文雅的名字——铺衬。豫东文化是如此可爱，竟然会为一些生活琐碎的布料留下一些文字，写在豫东生活的骨头里。

母亲熬了一锅热腾腾的糨糊，把新旧不一的碎布摊匀，然后一层层地贴在门板上或者墙上，最外边是一层从村支书家里借来的报纸。我时常站在凳子上，将报纸上的文字一遍一遍地读给母亲听，遇到不认识的字，就会拿出一本破旧的字典，那时候，我懂得"人民"和"权力"的区别。那时，一院子的安静，只有我认真的读报声和母亲清澈的目光。

一些重要的事情被时间抛弃了，我再也看不到那些逝去的时光，但是会有一些干硬的文字留在乡村的缝隙间，大浪淘沙后的平原上，留给世界的不是那些官方的文字，而是这沉甸甸的乡村布鞋，一代又一代地在土地上进行接力。

秋收以后，农具归库，粮食归仓，留给乡人的只有闲，闲便会滋生自由的世界，乡人觉得不做些什么就感觉生活在虚度，于是拿出箩筐、针线，用剪刀剪出一冬的忙碌。这一针紧似一针的针脚，让日子过得更像日子。男子穿着乡村体面的布鞋，便穿出了自尊，腰硬了，头挺得直了，布鞋将生活的低矮姿态撑了起来。

我难忘母亲坐在南窗下，点燃一盏昏黄的煤油灯，用干枯的手握着剪刀的模样。她剪出一双双具有生活暖意的鞋样子，然后它们孤独地堆满床头。

布鞋总是和人生的脚印摆脱不了干系，几个月不见雨滴，黄土路上一双双大小不一、厚度不一的凹坑，夹杂着乡村苦难牛羊的蹄印。

布鞋是人生的散章，晨起赶路的人，总会在黎明的薄霜上留下痕迹。熟悉豫东生活的人，总会从残留下来的痕迹里去解读生活。田间犁地的人，穿着布鞋奔波，满地的布鞋画，前面是耕牛的蹄印，后面是农人的鞋印，很是生动。遇到太阳毒辣的日子，女人们多会挑着担子走在这乡间的路上，扁担颤巍巍地，水桶里的水不时洒出一些，鞋印也显得零落了。

俯下身去，细看这些土路上的针脚，像芝麻一般。遥想夜晚时分，一定有一双干裂的手将人生的所有贫寒注入其中，用贫寒衍生出布鞋的温度。说起温暖，我觉得这个世界上再也没有比这土屋和布鞋更温暖的事物了。在外面累了，脱下布鞋，拿出鞋垫在屁股下面，其实这大可不必，村人和泥土有一种天然的血缘，即使脏一点，也没有人会耻笑的，因为耻笑别人就是耻笑这生你养你的土地。

我喜欢布鞋，是因为它呈现一种含蓄的表达，简洁、没有修饰，黑色的面、白色的底，生活原本就应该这样黑白分明。

布鞋和土路就是一种姻缘，试想，在城市的柏油路上，穿着一双布鞋远没有一双高跟鞋发出的声响更诱惑人。但布鞋是乡村的土著居民，与乡村的土黄色一般，都是一种单调而干净的素色。而柏油路是为高跟鞋而生的，那种敲打地面的声音，像雨后老家房檐下滴水的声音，但高跟鞋一入乡村的黄泥路，便呈现出狼狈的样子。也许，豫东的乡村只接纳布鞋，它质朴地融入天地间那一朵白云和麦浪中，其他的都显得多余。

我带着布鞋和诗走进城市，布鞋是乡村留给我的唯一回忆，而诗则是我将乡村的田园生活移植到城市，很多人笑我的诗歌土气，但我土气的文字和这双远行的布鞋将城市遮蔽了，只留下满地的草木和土布气息。

我知道，布鞋常常在城市里迷路，它不知道自己应该走向哪里，咖啡厅、酒吧都与它的味道相差太远。城市的巷道太多，且缺乏鸡啼与狗吠，远离日暮鸟归的夜晚，没有一片纯净的土路让布鞋自由地行走，也找不到一处茅店供它栖息。

石头·剪子·布

> 沉重的石头里，有冷、有暖；
>
> 冰凉的剪刀里，有寒、有温；
>
> 柔软的土布里，有光、有灯。

——题记

石头——沉重的肉身

在豫东平原的乡下，石头有两种用处，一种是亲民，或者说它们是生活的一部分，例如这石磨、石磙、石槽等；另一种是高傲，消解生活的平民气息，譬如门前威严的石狮子。

故乡在雍丘城南，"曹家多地主"，这是乡间流传的秘话。那个时候，院落多是四合院，青砖堆砌的围墙，堂屋多是蓝瓦。蓝瓦的下面常常堆砌一些整齐的石头，上面刻着动物的模样，有老虎、凤凰等。

四合院的正门，多半是高大的门楼，木质的门框下常常蹲坐两个大狮子。

正门不远的地方有石制的拴马桩，光滑平整。这样的院子，让我们敬而远之。我们心里感觉这石头堆砌的世界是那么疏远，远没有这遍地的泥土和杂乱无章的蓬草惬意。

我们常常躲在这狮子的背后偷看，尽管这家早已破败，东西也早已被瓜分一空，但是这里有一种冰凉的味道，有一种森严的冷，让我们的脊背发寒。

也许这就是祖母嘴里常说的豪门大院的气息吧。我们对于豪门永远充满好奇，这里的世界曾经发生什么，我们更是不得而知，只知道这里破落后，一些男男女女如跌落枝头的花。

每次走进这石头堆砌的世界我会想，这里的每一块石头也许都藏有故乡的往事；这里的每一个瓦片也许都是一段故乡的秘史；这里的每一口井，也许都包含一段幽深的传说。这段冰冷的围城很快被拆除，到我上中学的时候，只剩下一堆瓦砾。

那些石头仍在，它们幻化成另外一种模样。每逢六月，麦子熟透了乡村，家家户户便会传来磨刀的声音。这石头占据乡间的山头，让一些鸡鸣狗吠的声音都显得那么矫揉造作。只有这刺耳的磨刀声，暗喻了乡村原始的野性。

六月的天地间，满是这锋利的镰刀割倒麦子的声音。你看，一垛垛金黄色的麦子，在阳光下发出耀眼的光芒，是谁将它一点点消化掉的呢？是质朴而又沉重的石磙。那些年，父亲总是套上牛，将麦场里的麦子摊开，然后看牛悠然地拉着石磙走动。

那个时候，我便觉得石磙是一个丑陋的傻大个。它平常站在村庄的空旷处，除了几个玩耍的孩子和飞鸟拉下的粪粒光顾，其余时间总是孤独地站在一片茅草的贫穷里。

夜晚，我家的油灯总会亮起，灯芯是棉花捻成的，煤油的味道很浓，很刺鼻。但是灯下总有一些忙碌的身影，他们在借用我家的石磨，今天是东头的二婶，明天是西头的五奶奶，总之，夜晚是乡间的舞台，煤油灯是聚光灯，那些疾走的身影是人间最质朴的表演。

男人推磨，女人拿着高粱穗编制的把子（豫东扫东西的工具），一边慢慢地和母亲唠着闲嗑，一边麻利地将白净的面粉聚拢。一个寒冬的安逸，在此刻的劳碌中发酵。

剪刀——生活的味道

其实，对于剪刀，我有一种难以割舍的情怀。我通过一把锋利的剪刀与母亲分离，成为一个具有独立身份的个体。

剪刀并没有随着我的出生而退场，而是随着母亲一头扎进生活里。那些年，总会有一盏灯照亮贫寒的茅屋，灯影将手持剪刀的母亲消瘦的身影拉长。她一边给我们讲着乡间的趣事，一边灵巧地缝补旧衣物，你听，这"咔嚓咔嚓"的声音，总会把我们带进甜美的梦里。

乡村一代代传承节俭的因子，承袭"新三年，旧三年，缝缝补补又三年"的古训，老大的衣服老二接着穿，只是在磨破的地方缝一块厚实的土布。一件衣服，总是打上几个人的符号，最后被母亲和报纸一起糊上了墙，然后等待那把剪刀轻启歌喉，唱出乡间的古典音乐。你看，母亲的箩筐内，一只只大大小小的鞋样子（豫东纳布鞋的原始雏形）安然地卧在那里。

只等一场北风，母亲便坐在床上，拿出我磨破的裤子，笑着问我："是不是在外边骑狗了?"豫东有句民谚:"骑狗烂裤裆。"我在母亲的盘问下羞红了脸,于是再也不敢那么淘气了。

我时常想,一辈子缺吃少喝的母亲,竟然对生活没有一丝怨言。每逢下雨的日子,我们全家都被困在房子里,父亲在房子里安静地劈柴,母亲坐在床上为我们缝补衣服。这是儿时最温馨的画面。我暗笑,有这样的温馨,何必再挂念"面朝大海,春暖花开"呢?

也许,一盏陈旧的油灯,一把斑驳的剪刀,一根银亮的铁针,将生活的温暖缝合在一起,将风雨困扰的阴郁剪去。母亲对生活总是怀有一颗虔诚之心,她在陈旧的布匹上修道,让这些不成材的衣服修成正果。你看,那些破烂的衣服,经过母亲枯手的修饰,立马呈现出不一样的模样。

难忘年关,母亲总是用一把剪刀,将生活的面团修剪成春天的模样。一只只飞动的燕子,是那么轻盈;一只只美丽的蝴蝶,先于春天到达这里;一只只山羊,在热腾腾的锅里安静下来。

如果说,乡村最值得祭祀的东西不是神,而是这一把斑驳的王麻子剪刀,那是因为它将生活的贫寒轻易地剪去,留下满屋子的温暖。

如今,母亲老了,再也不能占用无尽的灯光了。每次想熬夜时,她那干涩的眼睛便会萌发困意。母亲常常嘲笑自己和这生锈的剪刀一样不中用了,她的双手布满了老茧且不再灵活,每一次剪旧衣物,总是剪出一地的叹息。

剪刀,常常在生活的围城里被遗忘,如今再也听不到那童年的歌谣,只剩下一把剪刀生锈的肉身。曾经被母亲守护的黑铁图腾,如今被丰满的生活挤向别处。

土布——乡间的本色

油灯下，总会有一些影子，她们在昏黄的灯下穿梭织布，生活的温度顺着油灯的火光蔓延开来。然而在幽静的夜里，鸡狗都闭上了嘴，只有那织布的声响在乡村的上空飘荡。这种声响不急不缓，在乡人的心头跳跃，这乡村的童谣对我们影响深远。

我们能够通过这织布的声音来辨别这家人日子的好坏，如果是急促的织布声，那么一定有一群需要土布裹身的孩子；如果是缓慢的声响，说明这家人为年关的亮眼做铺垫。熟悉乡村的人，必然能从乡村的细节读出乡村的味道；客居这里的人，永远也无法参透其中的真义。这些声响，总是准时响起，从不间断，让缺少童谣的童年有了另类歌谣。这种声音，一直萦绕在内心深处，以至于远走他乡多年，仍无法忘记乡村夜晚的歌声。

这些声响，会激起村人的想象。那些没有睡意的光棍，能够从夜晚的歌声里感受夜晚的凄凉，家里没有个女人确实不像个家啊！在这种悠远的声响里，他们开始反思自己的懒惰和家的冷清。夜晚的织布声折磨着他们，让他们更加体会到生活里缺少温暖。

这些织出来的土布多是素色的，以白色居多。女人将这些素色的土布做成汗衫，中间是一溜儿盘扣，颇具乡野气息。这些土布属于乡村，它们和豫东平原上的土黄色是如此和谐，不必顾忌衣服的陈杂破了乡村的纯净。乡人穿着这样的衣服很是惬意，不像某些高档的衣服，穿在身上诚惶诚恐，唯恐一不小心粘上油污或哪里开了线，这情景，倒是给人上了一把无形的枷锁。

生活是用女人的手织出来的，这满街孩子身上的衣服虽不华丽，但是裹身御寒却不成问题。每晚，这些乡村的声响停止，北斗星必将移居头顶。女人将乡村的夜晚编织得如此美妙。

我难忘漆黑的夜里，几盏孤灯将乡村的夜晚叫醒，女人们用粗糙的手去感知生活的冷暖。

那时的女人是家里的一把火焰，照出温暖的光。她们用手紧紧地抓住贫寒的家，家在，乡村的温暖就在。

清露白霜

> 霜,民间的寒门
>
> 霜,清白地落在土地上
>
> 向故乡眺望!
>
> ——题记

很早就想写一点儿关于霜的文字,但我怕一不小心就写到故乡。

写就写吧,故乡早已被霜花包围,昔日是,此刻也是。让带寒的霜,再一次在文字里清理多余的情绪。

豫东的霜,让我想起《诗经》里的"蒹葭苍苍,白露为霜"的诗句。这句子太短了,但是简短的事物,往往与事物的本质距离最近。句子越长,越需要感情的长途奔波。一两句,恰到好处地将乡村的真意揭示出来。

霜是一个智者,它怀抱秋天的凄凉,将生活的本意一下子读透。一切事物都经不起寒霜的推敲,落叶、草身,哪一个能在寒霜的注视中活得长久呢?有霜,就有了返乡的归意,寒能将一切远游带进乡愁。

自然界钟爱流水，厌倦霜花，这也许是人类自以为最明了的情绪传达。流水无意，却能将一切日暮卷进时间的永恒里，然而霜花呢？

　　我们怀着"看花识人"的本性来看花朵。春天，任何一种花都是明丽的，任何一种花都是温暖的，桃红杏淡梨花白，每一朵都能幸福地活在乡村的诗意里。我钟爱的霜花呢？它是乡村秋骨里面的疼，霜之后，就是雪，雪之后就是春天。这是一个宏大的轮回，然而那些春天的花呢？它们只存在一个狭小的格局里，离开春天，一切都是萎缩的。春花呈现的是一个小的人生片段，而霜花呈现的却是一个大的人生长卷，由人生的失意开始，一直抵达命运里的春天。

　　我喜欢"草木摇落露为霜"的诗句，这句诗和"零露结为霜"的意境是一致的，但是我更喜欢李贺的"夜来霜压栈，骏骨折西风"的句子，这样的句子就像一双透彻的眼睛，一下子看透人生的重。

　　霜是孤傲的，我知道，一场霜必定让秋天孤独下来，它是那种见草杀草、见木杀木的赌徒，它将自己的一生押上，只为换人间一场寂寥。

　　霜花识人，人和草木都在天地间活命，人学会躲在温暖的房子里，隔离自然，万木却在自然中逍遥自得。我想，人间最了解道家的一定不是人类，人类身上的功利心太重。

　　其实，每一个人都向往有一场什么都可以不顾的旅行。他们一般选择蓝天白云的西藏，更重要的是那里离天最近，神的旨意可以近距离地传达。但是，我却不这样想，我内心向往低处的旅行，高处的旅行往往不接地气，哪像这一地的霜心如银。再说，游客一股脑地涌进西藏，佛最不喜热闹，恐怕早已逃遁了，反观这伏在草木上的霜，带着我们走进了生活的明净处。

　　霜降是一道分割流水的门槛，这边是晶莹的露水，那边是凝固的霜寒。一步之隔，形态与思想都相差万里。也许，对于霜寒，每一个人都会对着一句话生气——莫管他人瓦上霜，这句话一下子将中国人的人品带进冷漠的层次。

一枕清霜，半村灯光，这意境让文人羡慕。也许，再加上一轮月、鸡声、茅店，多和睦啊！试想，所有文人的写意画，总是在深山处勾画一处茅屋，这是中国人精神上的理想国。"鸡声茅店月，人迹板桥霜"，多少写出了人的苦意，脚印留在白霜里，供后人解读。

太阳和白霜是事物的两极，非此即彼，这符合中国人的性格，总是在两极徘徊，只有一个儒家的中庸缓和些，又过了头，没有找到一个很好的平衡点。

白霜会敲开乡村沉寂的门，露出满地温暖。人们常说，露水凉，霜花寒。余秋雨也为自己的书命名为"霜冷长河"，可见这霜冷在人的思想里入得太深。我们将霜分解，雨落草木，被目光接纳，便是秋霜，反之，露水隐居草木，目光也不出草尖，哪里会有一地白花花的碎银子呢？

霜降不仅是一个节气，更是一个丈量草木硬骨的器物。豫东平原上一片空旷，唯有几处镰刀遗漏的黄草仍在回忆旧梦。秃是秋天一个闪亮的词，秃树、秃草、秃篱笆。一只飞鸟是霜降中安静的标点，远处的鸟巢，安于枝丫间，那是自然最荒凉的写意。

春韭秋菘是生活中的美味，这秋菘是一地经霜的大白菜。它一不小心，进入古人的饮食地带。我认为，霜花是人间最消瘦的花，唯有李清照的"人比黄花瘦"可比。我喜欢"霜花过人头"，人类沉重的思想解构多从头开始，思想沉寂了，人类也就沉寂了。一哥们儿问我这句子出自何处，我笑言道："我杜撰的"，他便笑话我的荒唐，以为我糊弄读者。

世间这么多的词，苏轼可以杜撰，为何我杜撰不得？再说，对于不认可的话语，便能觉得是杜撰，贾宝玉也说世间除了《四书》外，杜撰的太多。再说，我在乡村里，每次到了霜降，祖母的头疼就会厉害些，可见这"霜花过人头"的句子并没有跑出生活的藩篱。

霜花落下来，世界便干净了，去掉了一些多余的修饰。我想，生活的底色应该是暗色，你看豫东平原的贫穷、饥饿都是灰色的。

我喜欢带霜的文字，譬如王小波、海子，他们都是孤独而沉默的，王小波在孤独中寻找自由，通过释放荷尔蒙摆脱压抑，海子在孤独中寻找温暖，让春暖花开的诗句留在人间，却狠狠地将肉身抛向彼岸的世界。

我想蘸着人生的霜花，写下带霜的诗句："一个有云朵的地方／是美的／那里少不了净水般的蓝／那里深邃的眼眸挂满了白露／给落叶一个转身／让它静静地退守荒原／多给一点时间／让它慢慢打理这些年淤积的风寒／看吧，这些结霜的文字／再一次修饰被风咬过的平原／河岸边／只剩下一条沾满白霜的狗／嗅着孤独。"

白霜、文字、孤独，已成为人间的三重门。

露,民间的净水

> 露水,在草尖上修行
> 等待故乡的风!
>
> ——题记

露水,是一个坚定的人权主义者,它眼中万物平等。试看,草木、土屋、乡间的路都沾满露水。天麻麻亮,我和父亲就走在这乡间的土路上,路边多野草,一丛丛的清亮。我喜欢这晶莹的露水,想和它唠唠故乡的往事,但是在父亲的敦促下,一次又一次与它离别。

寒秋的早晨,露水重,从庄稼地里走过,裤腿全是这湿漉漉的露水,透骨的凉。脚下的布鞋沾满了泥巴和草叶,用力一甩脚,一团泥巴从脚底飞出,落在这平原上。

水是个魔术师,总能根据季节的变化呈现出不同的形态。白露常挂在草叶间,缩成一团。它不呐喊,也不媚妖,只是质朴地亮出水影。也许乡村干瘪的旧鞋子能将带露的草叶踩了去,并印下布鞋的乡土暗痕。"草木摇落露为霜"。草木被风推着走向刑场，瞬间被剃光了头，成了岁月的囚徒，只等贴上霜花的刺配，固态的霜，是水的另一种形态，霜冷、霜硬，将生活压向低处。

我认为，每一个人的故乡都坐落在水乡上。也许很多人对我这句话的可信度表示怀疑，他们心目中的水乡还停留在江南那小桥流水和青石板铺就的雨巷。这是视觉上的水乡，也是现实中的水乡，但是在北国，在豫东平原上，水以另一种形式存在，这里满地的露水，让万物都沾满了水汽，湿漉漉的，丝毫不逊于江南的水乡。

液态的露水，总能藏在文化的修饰里，"露从今夜白，月是故乡明"，露与月光最引相思，露如月光，月光如露，不知用谁修饰谁更恰当、贴切些。至今，我仍然无法分辨二者谁是生活的本体，谁是生活的喻体。最喜"玉露"的说法，我暗想这"玉露"多是白色与绿色——白如月光，绿如草色。

记得盛夏，在燥热的夜里，将高粱秆编制的簸（豫东平原上一种晾晒东西的物件）铺在院落里，我们躺在上面看牵牛星、织女星，将星星带进甜美的梦里。早晨，薄露打湿被褥，这种情景让人难忘。这冰凉的薄露才是夏天最好的馈赠，夏之薄露，犹如冬之炉火，都满含雪中送炭的色彩。

露在人间完成一场修行，正如人类来到这世界上修行一样。只不过露水在草尖上，人类却远离草木，一头扎进城市里，用圈养的花草自娱，认为这样才能吸收草木气息。我想，这多半会以失败而告终。这远离草木的地方，藏着浮华的灵魂将人间看淡，将往事看薄。只有露，坚持着来自故乡的气息，蹚过露水，一定能看到故乡的晨曦和农人沾满草叶的湿鞋子。

露是一个基督徒，它一直在人间受难，或者说是在人间赎罪，见不得光，只能活在阴影里。"青青园中葵，朝露待日晞。"它在等待，等待日光繁华的明亮，然后淡化、风干。

　　露在豫东，直接进入民间。豫东平原上孩子的名字多取于卑贱的草木，命硬、好养活，这与草木走得最近的露，自然也进入人们的生命中。最易消逝的露，却是最永恒的，一代又一代地重复着。

　　草尖上的露水被祖母采取，滴一些到不适的眼睛里。我不知道这草尖上的露水治疗眼病有多少科学的成分，它沾满了尘埃，但人类还是笃信这乡间的远古风俗。世界太干净了，才慢慢地变得可怜起来，经受不起一点变故。我相信这草叶尖的露水汲取了天地灵气，一定能够阴阳调和。我们的瞳孔看多了阳气，需要这一点清凉的阴来疗治。

　　我想起神秀的偈语："身似菩提树，心如明镜台。时时勤拂拭，勿使惹尘埃。"有尘埃，才能擦拭，最好用晶莹的露水擦拭。慧能的"菩提本无树，明镜亦非台。本来无一物，何处惹尘埃"显然比他高明多了，但是神秀的尘埃显然适合乡村，慧能却一股脑儿将乡村的尘埃吹去，只能被架空在禅意的顿悟里。草尖上的露水，更接近豫东的土气，而慧能，只适合坐在意念的庙宇里。

　　"当我的紫葡萄化为深秋的露水。"一滴露水的童话，适合所有乡村的纯净，但是乡村多是灰色的人性，这一切都见证了豫东乡间的野。这些终将被露水所覆盖，留下无尽的净。

　　在他乡，蹚过露水，发现乡愁！

　　在他乡，蹚过露水，看到童年的影子！

暗色，草木灰

豫东平原的土地对待植物不分尊贵，皆一视同仁，狗尾草、牛筋草和棉花、玉米一样，都繁茂地生长着。也许一场秋风，它们就低下了头，这些植物繁茂的身躯开始渐渐被秋风这把刀，在时间的缝隙里一刀刀凌迟，仅剩下一地的荒芜，这个时间，草木不见了，土地空旷了，呈现出一片土黄色。

乡村的土地，最喜阡陌的曲折。小径上，遗留下来的草木秸秆会被一些捡柴的人带走，这些繁茂的植物，会被人带进每一个散布的庭院里，他们或在家门口堆积成柴火垛，或为漏风的院墙抵御风寒。一些细致的人，会把这些植物的秸秆截成长短相似的柴火，便于烧火。

说起烧火，我的文字就热烈起来，如果说生活是一座围城的话，那么在这座围城里，一定会有一抹闪亮的火苗，像一个贪婪的舌头将植物的身躯卷了去。看，这些植物的秸秆填入灶膛内，开始接受火苗的审判。这炙热的火，一直燃烧到我的梦里。

记得那几年，他们盘腿坐在乡村的空旷处，不用在乎是谁家的柴火，乡村缺少粮食，唯独不缺的就是柴火。掏出火柴，点燃一些植物的秸秆，火焰映红了乡人的脸，他们伸向火焰的手，是枯瘦的、黝黑的，那是生活的原始状态，是生活的本色。他们闲唠着，把闲言碎语挤在一起，用来打发乡村生活的寂寞和孤独。

可是谁知道，这火焰熄灭之后那些草木灰,是植物的身躯粉身碎骨之后的产物，不高尚，不带情绪，仅仅留给人间一堆黯淡的灰色。这些草木灰可有大用途。我记得父亲常常把草木灰装进袋子内，放在厕所的一角，每当厕所里潮湿时，父亲便会把草木灰铺在地面上，地面顿时干净了。用不完的部分，父亲运往菜园，那些植物需要草木灰的安慰，它们贫瘠的身体需要草木灰的滋养，我看见父亲将草木灰撒进地里。你看，满地的草木灰，一些蔬菜的叶子上还沾有草木灰，用不了多久，这园里的大白菜就会呈现出胖大的叶子，萝卜的叶子也会高高地站立。

我不知道，在我出生时是否亲近过草木灰。我想多半亲近过，因为豫东平原的大地上，草木灰主宰的事物太多，包括生命。牛羊或者猪出生时，父亲便在圈里或牛羊棚子里点上一盏灯，便于见证它们的出生。一些看似平静的背后，必然有一些盘算日子的人，他们会大致记住牛羊生育的日子，尽管记不太准确，但也能确定是那几天，临近生育时，他们会格外用心，脚步和吆喝一遍遍响在生活里。纠结，等待，一些看似大可不必的情绪会时刻萦绕在他们心头，如果从人的角度去看动物，他们可以残忍一些。但是，他们无法忘记这些动物的背后隐藏着一些东西，譬如后年，儿子该订婚了，需要这笔钱；譬如，明年想要买个三轮车，还差几千块钱，就等这窝猪仔填补日子呢！

听到猪的号叫，人们便会忙起来。人不敢离开一步，因为母猪庞大的身躯时刻会压死它的幼崽，因此我觉得母猪是天底下最不称职的母亲，它会一屁股坐下，不管不问，可能在它坐下的地方有几只熟睡的猪崽。猪出生后，身上往往会有一层覆盖的薄膜状的东西，这需要及时捅破清理，否则猪会窒息而死。清理完后，父亲会在猪的身上涂抹草木灰，这草木灰可能具有消毒的效果吧！牛羊同样如此，幼崽的诞生需要人照顾，一些牛生育是困难的，先出来两只腿，这个时候人拽住腿使劲往外拉，一下子就出来了，之后，母牛便会汗津津地卧在地上。

乡村是一个粗放型的地方，无论是人或者牲口，他们用生命的激情书写着乡村的历史。一声牛叫，或者是一阵孩子奔跑的脚步声，都是乡村编年史上隐藏的细节文字。儿时，我们淘气，常常会被误伤，血流了下来，母亲为了止血，通常会抓一把草木灰撒在伤口上，然后牢牢地摁住。父母对我们的担心便会在草木灰里消解掉，家里不会出现争吵声。

草木灰也会被一些人拿到神坛上。豫东平原信神的女人很多，进入豫东乡村的内部你就会发现，许多人家的屋子正中间的桌子上供着菩萨、关帝爷之类的神像，神像的前面有一个灰炉，里面满是炉灰。这炉灰也是草木灰的一种。乡村低处的生活养着神，这是豫东平原的可爱之处，在贫苦的生活中，他们没有抛弃神，新年的第一块肉，新年的第一口酒，都留给神。

草木灰也是一种灵异的药引子，如果一个人得了怪病，首先想起乡村的巫师，这些人嘴里念念有词，说着人听不懂的怪话，然后从炉灰中捏出一撮灰，放在盛满清水的碗里让病人一饮而尽。我不知道这种看病方式有多少合理因素，但是我知道一些人却活蹦乱跳起来，一些人走进乡村的医院里，被医生嘲笑。这民间的巫术，让巫师半人半神，但他们，却是乡村编年史上一段神秘的文字。

草木灰被文化所铭记，在家乡的文化里，记载着乡村的祭祀，他们在草木灰里祈求五谷丰登，他们在草木灰里载歌载舞。每年二月二，龙抬头的日子，家家会在自家院子的中央，用草木灰画上一个个圆圈，这远古的祭祀，一直活在乡村文化里。

也许，在现代文明进入乡村后，柴火垛矮了，草木灰少了，这些看似不起眼的东西也逐渐被我辈所淡忘。

也许，在多年后的一天，我的孩子会在文字里邂逅草木灰的味道，不知他能否从文字里找到故乡，找到豫东平原远古的风俗。

一个人的果园

村庄四平八稳,像一只甲壳虫,趴在平原上。

村庄安静,村南的苹果园安静。那里,储存着父亲的十三年,也储存着一个少年的欢喜与怨恨。

有人笑我活在过去的记忆里。其实,他们哪里知道,故乡于我而言,是灵魂的寺庙。

父亲的十三年,在故乡里,像一束明亮的灯光照亮往事,照亮那苹果园。

那些年,村里一些不安分的人,不停地在乡村折腾着。他们带领乡亲种烟叶、种药材、种莲藕。后来,又从外地引进苹果苗,村南一片荒凉的土地,竟然一片葱绿。

苹果树其实比人高贵。我向来对草木的爱胜于对我的同类。人这一辈子,在吃的围城里出不来。那时,人生三件事是比吃、比喝、比穿戴。其实,他们能有多少差距啊?吃粗粮,挖野菜,卑微地活着。人没有树简单,一棵树,从种植的那一刻起,就顺着日子,听风雨,沐雨露,无欲无求地生长着。

几年时间,这些苹果树渐渐长大。它们有了宰相的气度,原谅人类一次次的伤害。乡人剪下的树枝，会被枯瘦的手推向冰冷的灶膛，引燃生活的温度。

那些年，父亲白天下地干活，留下我守着这一片苹果园。从开花到结果，我一棵树接着一棵树地拜访，像访问多年的朋友。它们的每一次落花，我都会莫名地伤感；它们的每一个落果，我都会盘算着秋收的温饱度。

一棵树挂了多少果，我如数家珍。闭上眼，果子一个个向我扑来。一个果子少了，我最先知晓，当气愤地骂着贼娃子时，父亲呵呵一笑，说："温饱多君子，贫寒多小人。"是啊，这里太贫穷了，饿字当头，人心也就坏了。

夜晚，父亲吃过饭，将家里的猪、狗、牛喂饱后，才踏着夜色来到果园唤我回家，这个时候多半七八点，我拿着手电筒，心惊胆战地走在村庄的路上。

有时候，夏天的暴雨一下子就来了，电闪雷鸣时，我躲在草棚子里，吓得不敢出声。我为了赶走恐惧，往往将收音机调到最大音量，给自己壮胆。但是，我明知道这夏夜的雨声会淹没它，这声音，也只是自欺欺人罢了。

父亲终于来了，一身的雨水。是夜，我和父亲蜷缩在草屋内，说些村庄的古事。我对于故乡，以黑夜的方式开始进入。

天一亮，父亲带着果子，去了远方的集市，直到十二点，才穿着沾满泥巴的衣服拖着疲惫的身体回家。果园带给父亲的，是永不停歇的奔波。

后来，我上了大学，父亲仍不舍得毁掉这果园。我知道，在豫东平原种苹果，没有销路，不上规模，气候更不适合，果园坚持了十三年，已属不易。

这没有出路的果园成了鸡肋，食之无味，弃之不舍。乡村，在果园里消耗着日子。

最后，政府出面，征收了这一片地。从此，一道围墙，围住了念想，里面长了些荒废的衰草，阴森如墓地。

父亲常常对着果园，想念那丰满的十三年。这一片地被征收后，建成了绿色植物示范园，里面的庄稼品种丰富。但是没多少成材，经营者也不常光顾，以至于到了年关时，收成寥寥无几，被村人耻笑。

没有了果园，父亲便无事可干，整天提个草篮子割草喂羊，以此打发无聊的时光。

年关，承包商出钱，在此处搭上戏台子，要庆祝一下。村民在舞台面前，早已忘记曾经的屈辱，他们在豫剧的咿咿呀呀里可怜地活着。

父亲失望地望着戏台，平时听起来抑扬顿挫的豫剧现在竟然有点刺耳。我知道，父亲在想他那一片果园。

我想，对于这一片土地失望的，除了父亲外，一定还有其他物种，譬如麻雀。

麻雀时常在枝条间跳跃。有时候，又安静地蹲在树枝上，我毫不隐讳我对于麻雀的喜爱。它们站在比人高的地方，看一群人被生活所累。它们呐喊，为人类喊出了生活的温度，但是人类听不懂，人只活在自己的世界里，常常忽视一切渺小的事物的存在，比如忽视麻雀的存在。

这果园像一口幽深的井，里面藏着一些故事。苹果园本带着性的色彩，亚当和夏娃，让苹果园多了一些情色。然而，故乡的苹果园，里面藏着暗色。这些暗色，有偷窃的，有释放性欲的。苹果园，其实就是一部乡村人性的词典。

一个割草的老人对我说，离我家苹果园不远的二狗，他家的苹果园远望果子甚多，可走近一看就会发现一些端倪来，果子大多用绳子绑在枝上，答案一下子就清晰了。这就是贼娃子，偷别人家苹果，绑在自己树上，然后悠然地从自家树上摘果子吃，炫耀自己的大度。种苹果就是为了吃，以此讽刺那些节省的乡亲，没想到，他自己成为一个最大的笑话。

一个女人，在苹果园里，除了修剪果树枝蔓，更应该修剪内心的枝蔓才对。一个女人十六岁嫁到我村，中规中矩，谁想到，在丈夫外出打工的日子里，她竟然一狠心消失了，留下几个还未长大成人的孩子。同她一起消失的还有邻村的青年，他们一起看苹果，没想到看出了感情，一把刀，在乡村竖着，逼人的眼。

一个苹果园，成为我认知世界的源头。这里除了隐藏鸟雀和昆虫，还隐藏着一些平时看不出的人性。

一个人的苹果园，是建立人生观的地方，这里没有城市的喧嚣，有的只是温暖人心的日常碎片。

一个人，在这里，不需要传教的声音，可以顺着自己的内心，活出一些活法：安静、干净和纯粹的活法。

父亲的麦田

对于一个常年走不出小镇的农民来说，村庄周围的这片麦田就是他的世界，只有在这个地方摸爬滚打，他才觉得活得踏实，我这个局外人，读不懂父亲的世界。

每年六月，豫东大地的麦田开始泛出黄意，这时候，父亲常常站在自家的麦地旁暗自兴奋，指着泛黄的麦浪对我说："小，这才是男人的世界啊！"那时候，我只是觉得父亲说的话有些疯癫，有些莫名其妙。我不知道男人的世界究竟应该是什么样子，但是父亲认真的样子勾起了我的兴趣，我想在这片麦田里、在男人的世界里阅读父亲。

父亲在六月的大地上一动不动，静静地望着还没熟透的庄稼，他那远望的姿态让我觉得此刻的父亲也像平原上的一棵麦子。

麦刚发黄，天还没亮，父亲夹着一把镰刀，来到牛儿湾（麦田所在的地名），甩开膀子便干了起来。此刻的我忘记了数天上那飘动的云朵，忘记了看天边那盘旋的归鸟，耳边只听见镰刀割麦子沙沙的声音。这种声音有一种说不清道不明的舒服感，但是却慢慢融入我的骨髓，以至于多年以后，仍使我在父亲的麦田里走不出来。

当草儿垛的麦田全部泛出金黄色的光泽时，这个世界沸腾了，尤其是这些木讷的男人，他们手里拿着一把把打磨锋利的镰刀，在麦田里飞快地劳作。那一棵棵麦子在他们的怀里跳跃着，然后并排着躺在一起。我觉得父亲手里拿的不是麦子，是一个我未知的世界。

父亲面带微笑，将这些挺立的麦子悉数放倒后，又将它们捆成捆，放在架子车上，然后用绳子牢牢地系上，朝麦场的方向走去。这时候，我常常跟在父亲架子车后面，一边小跑一边捡起从车上掉下的零散的麦子，不一会儿就捡了一大捆，父亲总是笑着夺我的麦捆，我大笑着跑开，将捡来的麦子放在麦场的一角，期待不久也能像父亲的麦垛一样堆积成山。

麦场邻家的女人看到后逗我说："小，等你将这些捡来的麦子卖了，扯一身好衣服给婶子送来，婶子给你说个俊俏的小媳妇。"这时候我的脸常常羞得通红，暗自骂着这个坏女人，再生气地走开，我的样子惹得大人们哄笑起来。

麦子收割的过程中，整个大地一片凌乱，土地的裸体在父亲的镰刀下再也遮不住羞了。此刻的父亲尽管在属于男人的世界里征服了这些庄稼，但是他的脸上分明写满了疲惫。他的脸，看起来比这些麦子还要黄，还要憔悴。

等到麦子收割完的时候，父亲会和一群人将我家的牛赶来，然后将村口那个长久不用的石磙弄来，将麦子摊满全场，套上牛，边吆喝边悠闲地抽着旱烟。这个时候，我疯了似的在这些麦子上撒欢，直到父亲的鞭子将我赶走，才还麦场一个安静的世界。

我对父亲的怨恨也是从这个时候开始的，赌着气不和他说一句话。父亲似乎看透了我的心理，也不再理我，而是将乡间小路上卖冰棍的小商贩叫来，招呼姐姐来吃，对我视而不见，看到这些冰棍，我再也经受不住诱惑了，怨气一下子就被这些冰棍消解掉，微笑着走向父亲。

六月的天，说变脸就变脸，每当一片乌云压了下来时，父亲总是神情凝重地将家里的塑料膜拿来。一个人爬上高高的麦垛，将这些塑料膜压在上面。这个时候的我心里很不踏实，害怕六月的雨水将麦子打湿，以至于每当看到六月的乌云，心里就会产生莫名的反感，这可能与我那时的经历有关。

农忙时分，那些外出的人都会回来帮工，他们将外面世界的精彩带了回来，从而将草儿垛原先宁静的世界打破了。这里的人再也不愿意像祖祖辈辈那样安于守着这片麦田，而是想像城里人一样生活，在这流动的大军里，还有一个我。在城里，我发现家乡的麦田被搬了过来，将我们这些乡下人搁浅在麦田里面，那些城里人像一棵棵面无表情的麦子，他们头顶的麦芒将简单的生活刺穿。

父亲仍顽固地坚守这片麦田，更不想走出那个村庄，他对我说故乡是有味道的。"你闭上眼睛仔细闻就能闻见故乡的味道。"然而，我活了三十多岁，仍没能闻出父亲所说的味道。父亲身上那些像谜一样的东西让我捉摸不定。

近年来，父亲越来越离不开麦地了，他会莫名地将麦子举起，对着太阳观看，我不知道麦子在太阳下是怎样一番景象。他有时也会将麦子拿在手里揉碎，然后吹去包裹麦子的外壳，一把放在嘴里，仔细地品味着。父亲常常说，近些年的麦子不好吃了，没有以前牛羊粪时代的麦子有味道。我听后淡淡一笑，因为我嘴里的麦子是一个味道。

我知道我和父亲之间永远隔着一块麦田，父亲的麦田里飘着很多我读不懂的东西，我的麦田只停留在书本里，早已没有了生活气息。

我突然想写一首诗，将父亲六月的麦地排成文字，看自己能否在文字里闻出麦子的味道。

> 五月的温度将飞鸟赶走，我有足够的耐心
> 等待六月黄昏的到来，一个人在时光里打坐
> 看平原丝绸般的面容，听平原急切行走的声音
> 回到麦田深处，看父亲用镰刀打磨日子
> 一次次将那些散乱的麦子归拢在一起
> 这些望穿秋水的麦子，和土地交谈，和六月的热气交谈
> 他们将偷过的阳光，将乡亲骨骼里的麦锈一一铺展
> 此刻，他们仍没有一丝悔意，梦想着在月光下独自称王

刚写下这些诗句，我发现自己的目光散了下来，麦地一下子满了好多。沿着父亲手里的那把镰刀，我甚至可以闻见祖父的气息，他们对麦地的虔诚和膜拜让我汗颜。我不敢标榜自己多么有生活情调，会喝咖啡，会品红酒，那是奢侈，不是生活。生活就是在六月的麦地里能够听见麦子拔节的声音，能够听见麦子那些噼里啪啦的爱情。我期望再一次闭上眼睛，闻一次父亲的麦田。

故乡的棉花地

  我像一个病人,有时候会一个人,静静地待在一个地方看黄昏,越看越感觉怪异,越看越觉得这个地方像是前生见过。有时候感觉也会生锈,思维也会产生落差。回忆占据人心太多的空间,就会将现实的部分排挤出去。

  这次回乡,有种做贼的感觉,满眼贪婪地打量着,企图一次将故乡掏空,然后将它移植到城市里。家乡,只不过是豫东平原上一个火柴盒似的村庄,村子虽然不大,但是乡根却一路蔓延至明朝和清朝,让乡野风俗也略显文化底气。

  现在闭上眼想想故乡,感觉它和我并不遥远。我心里藏有的往事和一个地方联系甚密,现在还是时常放不下那个地方,那就是老坟地(地名)的那块棉花地。每年秋天,当玉米一片枯黄时,这里还是一片绿色的海洋,很多东西都被绿色的庄稼遮住了,只剩下无尽的空旷与辽阔。

  每天天刚亮时,父亲就会踩着鸡鸣声起床,睡意正浓的我将被子裹紧,父亲便会一边掀开我的被子,一边在我耳边大声地说:"太阳晒屁股了。"我揉揉惺忪的睡眼,看见天色还有些暗,便有些不悦,嘴里嘟嘟囔囔地说个不停，无非是发泄对父亲的不满。

豫东平原唾弃懒起的孩子，他们骨子里的勤劳与坚韧让他们觉得赖床就是一种罪过，哪怕是我们这些还没有长大的孩子。走出家门，就会发现农人三三两两地正在路上，他们的脚步声在僵硬的大地上敲出响亮的声响，那种声音属于农民，坚实而有力。

路边的草上铺了一层霜，白花花的。秋霜平易近人得可怕，从来不会用势利的眼光看待万物。你看，豫东平原的树木上、房屋上、庄稼上都沾着霜花，让人觉得这是一个童话世界。秋风也会无休止地掀起些许冷意，我微微打了个寒战，裹紧了衣服，加快了脚步。

到了那片无边无际的棉花田里，父亲已经淹没在这一片绿中。这些已过人头的棉花缠绕在一起，大有轰轰烈烈爱一场的架势。棉花下面多是些枯黄的草，草下面隐藏的蝈蝈、蛐蛐叫个不停，对于一个童心未泯的孩子来说，这些动听的声音的诱惑远远超过了劳动的意义。我摘了一会儿棉花便停下不走了，心里开始打起这些小生灵的主意，从此便在棉花地里消失了劳作的身影。

父母自然看到了这些情况，他们面露微笑从不制止我。他们叫我早起不是真的让我干多少农活，而是觉得把我放在地里，他们比较放心。

太阳从地平面升起的时候，往往会惊动那些树上的麻雀与斑鸠，它们画出的那道美丽弧线还时常入梦。太阳逐渐毒辣，我们这些孩子开始忍受不住，便躲在棉花下面的阴影里不敢动弹。有时候也会不顾这些毒辣的太阳，顺着地垄匍匐前进。豫东平原的棉花田多是套种模式，两垄地的中间必然会栽些甜瓜，其目的就是缓解饥渴，我们这些孩子会坐在白花花的瓜地里，吃得瓜汁流湿了肚皮。我们也不是无心的孩子，有时候会拿上铲子将那些长势较好的瓜埋起来,防止那些不守规矩的人惦记。

响午时分,父母会将洁白的棉花铺满架子车,我看着这些洁白的东西心里感到沉甸甸的。豫东平原的孩子对于棉花有种难以割舍的情怀,因为从小受父母的熏陶,把棉花看得无比神圣。这些棉花不仅仅是一些庄稼,更是决定今年年底能否过好年的一把标尺。

家里的棉花积攒一些日子就足够装车了,父亲便会将这些棉花用绳子扎紧,防止半路滑落。我自然也会享受坐车的待遇,我坐在高高的棉花上,目空一切,也唯有这个时候我才能看见那些飞鸟。车上的我,也会将注意力放在父亲身上,看着父亲弓着腰吃力的样子,心里有些不忍,便要从车上下来步行,但是父亲执意不肯放我下来。所以,多年以后回忆父亲时,对于父亲最深刻的印象就是他弓着腰吃力行走的背影。

我跟随父亲来到集市有着不可告人的秘密,每当棉花卖完后,父亲总会为我买上几个烧饼,然后加上两块钱的牛肉。我便觉得人生最好的生活莫过于能够吃上这些,豫东平原上有句俗语说得好:"烧饼夹牛肉,越吃越好受。"可见对于这些常年处于贫困环境下的农民来说,他们对未来生活的图景是如此之低,几个烧饼夹上几块牛肉就足以沸腾他们的世界。

棉花是豫东平原上的常客,随着环境的恶化,如今再难找见它们的身影。以前的棉花长势喜人,只要天不旱不涝,就能坐等收获,但是现在呢,棉花成为消失的一道风景。母亲也试图种上一亩棉花,以便于我结婚时能缝制几床被子,但是棉花每年都被虫子吃得只剩下光秃秃的茎秆,我不禁感叹说:"这些年,到底怎么了?"

也许再也回不到那种鸡鸣而出的时代了,如今的乡村到处透着一丝丝悲凉，一个个坍塌的老房，一条条长满野草的路。这些出走的人，将乡村的棉花彻底遗忘了。我们这些人虽然对于棉花田有点印象，但是也只是儿时记忆里的一点印象。

如果说遗忘就意味着背叛，那么我背叛故乡已经很久了。

九格之窗

> 蓬牖茅椽，绳床瓦灶。
>
> ——《红楼梦》

第一格：出身

中国人最讲究出身，即使找对象也讲究门当户对。乡村的窗却也门当户对，站在村庄的中心观望，各家各户布局相似，门窗相近。

豫东平原的木窗是一个明净的词，总能照亮一片贫寒的故乡。

在古代，江南的王谢、沈家，以及中原的康百万，他们的房屋一定阔气得让人发寒。豪门大院的感觉，多少有些阴森。我想，那些精巧石头布局的房子，一定还得配上精巧的木窗才对。木窗是什么质料已不重要，重要的是这些木窗一定要代表这些人的身价。闭上眼，仿佛看到一片雕花的木窗，有喜鹊、蝴蝶、荷花、梅花。

故乡的窗，多半是木格子窗，简约、大方、易采光，同样的树，都被一片泥土喂养，经过不同的人刨光、打磨，竟然呈现出天壤之别的境况。

故乡的窗都睡在南墙上。《说文解字》曰："在墙曰牖，在屋曰囱。窗，或从穴。"古代的房子是前堂后室，室的前窗叫"牖"，后窗叫"向"，朝上的才叫"窗"。生活在乡村多年，始终弄不清楚牖和窗的区别，今天，一下子被《说文解字》点破。

其实，在故乡，有木格子窗的是寒门。寒门有寒门的活法，沉默着嵌入在土墙上，你不嘲笑它的寒碜，它也不嘲笑你的贫穷。总之，故乡的木窗，和人形成一种潜在的契约，从不催乡人望向高处。

第二格：容颜

木窗坚守在乡村里。庭院空旷，但它相信，不久的将来，这里会填满一些木质的肉身，那是它的同类，还有一些异类的人。主人的省吃俭用，它看在眼里，主人总是将生活中所有多余的枝杈剔除，留下的生活是主干，吃喝拉撒睡。

木窗最接地气，只有接地气的东西在豫东平原上才受人待见。木窗在想着当初在泥土里的日子，那时，就一个梦想——走进屋内，因为它在屋外，看不透屋内的风景。

它相信，不久的将来，这里会有一个披着红盖头的姑娘走进来，和它生死与共。

贫寒处，需要些修饰才对，这好像姑娘的雪花膏和桃红叶子所涂染的红唇。木格子的窗，需要灵巧的姑娘剪出窗花。窗花是一种点缀，将生活的暗色压住。

　　我时刻觉得窗花比四大发明要可爱得多，造纸术和印刷术让后世记住了祖辈，但是，文字最终屈服于权力，火药衍生暴力，指南针却滋生征服。如果以和平为目的，那么唯有窗户而已；如果许多人都陶醉于窗花艺术，那么世界便蹲踞乡村，不想外出。

　　木窗本色纯净，只有木色，决不带一点杂质，或者说木窗素颜朝天，用窗花点缀自己，也是无聊中的一种释放。江南的窗花玲珑精巧，可是在我的豫东平原上，这里的窗花却生动大方。木窗的容颜乡人最为了解，它怀抱一脸明净的亮，接受乡村的风雨，也许，等你再回眸的时候，已然年老色衰，或者是半老徐娘了。

第三格：眼睛

　　木窗是房子的眼睛，或者说，是乡人的眼睛，或者说，是村庄的眼睛。木窗能替人打开自己，看一些隐藏的人心。

　　一间房子没有木窗的话，就是一个封闭的空间，这里和外界相隔，我想这样的境遇是不会支撑太久的，人在里面不抑郁，已实属侥幸。一个人，如果不想融入世界，那么一定会被推向一个悲惨的境界。唯有包容一切外来的事物，才会出现绝美容颜。很多东西是躲不掉的，不如用文化去包容，这才是王道。

　　对于乡村，不管土屋也好，砖石屋也好，开辟一两扇窗户是必要的，它能让外面的清风和阳光进来。

　　其实，窗户能看见我童年时的样子。那年，母亲倚在南墙下给我逮虱子。

很多人笑我不讲卫生，也许，对于那个时候的人来说，生活太累了，吃水都存在困难，家里的缸，总是在星光满天时就要挑满，那是一家的活命水。人们都被庄稼绑在地里，抽不出空闲，自从机械的农具进入乡村后，一些人才被解放出来，时间空出了，才能打扮自己，收拾这个家了。

窗户看见那些年一些人灰头土脸的样子，和现在的光鲜形成巨大的反差。也许，很多人已经不知道多年前的自己，但是木窗知道，它代替人类保存乡村的印象。

第四格：耳朵

木窗是乡村的耳朵，它站在土墙前，听风、听雨、听鸟鸣。

既然是乡村的耳朵，那么它就具有一定的敏感度，它能分辨出男女主人的鼾声，能分辨出院中狗的叫声，甚至连一些细微的脚步声，它都能分辨出来。

鸟鸣声是乡村的日历，"鸡喟风，鸭喟雨""雨中闻蝉叫，预告晴天到""泥鳅静，天气晴，猪衔草，寒潮到"，木窗打开自己，拼命呐喊，向主人提示天气，但是主人鼾声依旧。

有时，木窗也学会沉默。在乡村里，木窗在乡村的词典上呈现出阴性，而木门呈现出阳性。从门进入的人，总是光明磊落，从窗户进入的人多少有些灰暗。从这里进入的人，无非是两类人：一种是乡村的贼，另一种是偷情的汉。总之，乡村的木窗，总会听出一些不一样的声音。窸窸窣窣，将别人家搬空，窸窸窣窣，将别人的女人搂在怀。

乡村的木窗，总能听出一些人在屋内喝酒密谋，他们密谋怎样才能爬上更高的位置。一些人，对别人积攒了怨恨，晚上招呼几个人，让那家人的庄稼一夜枯干，据说是一种干烈的除草剂。

木窗通过自己的耳朵听出乡人的一切。我在想，这木窗的耳朵，听过乡村多少秘史和情史啊。

乡村的窗户下，还会在新婚之夜蹲下几个小伙子听新婚夜话，窗户听出这些人的心跳，也听出他们内心的欲望。那欲望或多或少在空气里扩散，这些孩子大了，该成家了。

第五格：气质

一间房子能代表一个人的排场，但是一扇木窗，却能代表一个房子的气质。在乡村，能代表文化风俗的是这些细碎的东西。譬如这蓝色的砖瓦，红色的砖瓦，还有这些木窗。一个人，如果来豫东平原上采风，那么只需要在一个人的庭院里站上一会儿，看看砖、看看瓦、看看滴水、看看木窗，足矣。

我时常觉得，木窗最具有文化底蕴。它经历漫长岁月的摸索，才能被豫东平原上这些挑剔的眼睛所接纳。一种木窗的风格，可能就用那么几年，然后被另一种风格所代替，一代代地更新着，更新的背后是思考，是一双粗糙的手细细把关。

如今，这些木窗只留在老房子里，一些新兴的铁门铁窗替代了木质窗户。这些铁质的门窗，展现了工业时代的气息，让习惯农业文明的旧人有些不适。

如果说，木窗和铁窗都是乡村的平民，那么我认为铁窗更像一个暴发户，而木窗则是小康。我在铁质的门窗前，依然闻不着一丝平民气息。在铁质的门窗前，我手里的窗花总觉得是多余的，不知道如何张贴，只有木质的窗户，才能与窗花相依为命。

在乡村，一个木窗在讲自己的方言，我想这种方言一定是儒雅的。我无论如何也想象不出，一个暴发户如何能隐藏住自己内心的狂。只有木窗，才能代表乡村的气质：质朴、简单。

第六格：兄弟

木窗站在墙上，和对面的兄弟唠着话。你看，这屋子里的木桌、木椅、木床都是木窗的兄弟。

南窗下，还有个大块头的兄弟躺在那里——棺材。这家的老人已经八十，可谓喜寿，棺材先备好，以待后事。

我知道，这些物件都来自一棵树，这棵树长了三十年。一棵树，在生长的时候没人知道它能干什么，只有主人知道。

主人将这棵树截开，然后做成桌椅、木窗、木床，也算物有所用了。

那年，唢呐声吹起，院子里多了一个媳妇，这棵树的一半留给喜事，那么剩下的那一截，就打成棺材，留给年迈的老人。

一棵树，一半记载红事，一半记载白事，这多么新奇而又令人不可思议啊！

在豫东平原，"木家族"是个名门望族，它们家族最有威望的长者坐在祠堂里，那一个个木牌，是它们的酋长。它们兄弟众多，一个个被时间囿于封地，它们占领一个个庭院。我知道，在"木家族"的籍贯一栏，它们一定毫无羞涩地填上"木头"两字。是啊，乡村是一个木头的世界，木窗自然也凭借父贵子荣的观念享受着乡人的膜拜。

我想，这些家伙肯定也干过一些轰轰烈烈的事情，在故乡的不远处，揭竿而起的陈胜吴广，手里拿的武器都是木窗的穷亲戚，譬如锄头和粪叉。我不知道这些木窗怎样看待这些亲戚的暴动，我想，它们一定哭了，为这些亲戚的夭折而难过。

第七格：月门地

月门地是河南的方言，我想月下的木窗更有味道。

"已讶衾枕冷，复见窗户明。夜深知雪重，时闻折竹声。"在冬雪覆盖之时，许多人会被风雪惊醒，其实人们大可不必。木窗正一点点欣赏落下的雪花，它在想着一些古典的诗句，譬如"壁疏窗破凄风入""何当共剪西窗烛"。

我最喜欢灯光透过窗户传递出来，虽然是微弱的灯光，但是给一些怕黑的人带来温暖，带来勇气。一些人，走在这灯光里，仿佛走在柔软的内心里。

我想，在乡村，如果没有灯光又是怎样一种状况。深夜，一些村庄都淹没于黑夜里，黑漆漆的村庄像一个荒凉的坟墓，但只要灯光一亮，心情马上就变了。一些灯光，带给我们的不仅仅是光明，更重要的是安慰。

我喜欢南窗胜于北窗，南窗有文化气味，北窗不可开，一开就会闪进一团北风，然后木窗被吹得啪啪作响。倒是南窗，唱着陶潜的"倚南窗以寄傲"，白天品读阳光，夜晚品读月色。

我喜欢夜色的诗意，喜欢木窗的诗意。北风吹在木窗上，必定有青铜的声音。

第八格：记忆

木窗总是能够轻易揭开回忆的幕布，让乡人在舞台上复活。

那些年，乡人为了躲计划生育东奔西跑，无论他们跑向何处，政府人员总能及时出现，他们带走这些妇女。

木窗一定记得这些过去发生的点滴。

豫东的孩子听说计划生育的人要来，一股脑儿地往床下钻，他们在床下一动不动，更不敢出声。我想，这些孩子一定吓得瑟瑟发抖。

木床必然记得木床下发抖的孩子，记得那些孩子害怕的曾经。

第九格：死亡

在乡村，一些事物消失殆尽，只留下一些记忆。老房子空了，唯有木窗守望着乡村。

年轻人将木窗从老房子上拆下来，然后毁于一把火；老年人舍不得丢弃木窗，把它们放在柴房里，嘴里虽然对儿女说留下烧火，但是从不见他们对木窗下过一次狠手。我知道，这些人的内心深处，一定舍不得这些苍老的木头。

一些人，活成了项羽；一些人，活成了孔孟。这是同一片土地上的两种极致，一种人，眼只看高处；另一种人，还在回首往事。

如今，我靠近木窗，仿佛听见灵魂的轻语："到家了，孩子。"

回眸门楼

　　一入豫东平原，便会发现乡村砖木格局的院落户户相似，但三村五里之内，同中又有异。譬如这庭院的门楼，便能翻出不同的风格来。

　　在豫东，木质的大门将庭院的内部与街道隔开。匆匆而过的外乡人，对于豫东平原最大的印象是高大的院墙及体面的门楼。

　　说起门楼，我便想起乡村那种木质雕花的大门，高高的门槛，门楣上刻着花花草草及门框下蹲着的石狮子。

　　豫东平原的门楼，最初的样子是高大威武的，但是大门较窄，门洞很深，上部多是拱形，像石拱桥的桥洞。你看，在豫东平原上，古朴的门楼虽然雕花镂空，但乡下的农用机械车无法通过，便开始修正宽度，横向扩张，向实用主义的思维倾斜，"耕读传家"的牌匾也抛弃了，上面多是贴满结实耐看的瓷片，"耕读传家"换成了"家和万事兴"。

　　从牌匾的内容可以解读出乡村理念的变化。在古代，读书人是高贵的，然而如今的读书人多了，多到无人问津的地步，于是读书人呈现出一个尴尬的局面。乡人看透了读书无用的窘迫，也不再唯读书为尊。

乡人喜欢"耕读弟"，在古代，读书能改变一个家族的命运，从而让读书变得高贵起来。再说，读书不是谁想读就能读的，一个村，也不过有那么几个肚里有墨水的人。物以稀为贵，人同样如此。

因为村人不识字者居多，所以才尊重读书人，他们珍惜书本，珍惜文字。我想，在王小波的《沉默的大多数》中有"惜墨如金"的记载，也算照应乡村了。

我忽然异想天开，推理中国文化心理结构，从惜墨如金的文化心理，我们可以遥想起文字的本源问题。

中国文化最初的话语权不在民间，而是在最高的权力者手里，于是文字就是悬空在民间之上。民间没有文字记录，这些话语权的掌握者在控制文字演变的过程中，起初带有神秘色彩，从而造成文字的神秘性，因此在这种神秘的过程中，文字被放大了，成为某些人的既有权力，一般人无权享受。得不到的东西，才会膜拜，才会瞻仰，从而形成惜墨如金的文化心理，文字其实就是一种权力的象征，达到让民众仰视的地步，这是统治者经营的一种成功。

对于孔子，我并不赞同他的某些观点，他主张"述而不作，信而好古"。这就为文字的话语权保留在上层社会提供了适宜的土壤，仅仅对文字做阐述而不是深度挖掘与批判，没有二度创作，这样就造就了既定享受者话语权的独尊和专利。

如今，"家和万事兴"代替"耕读弟"，表面看是一种祝福，实质上有此地无银三百两的痕迹，如果是和谐的家庭，这样的文字便多少显得有些多余，正是因为乡村的隔阂太多，矛盾太多，所以头脑易冲动的乡人，时刻用这样的文字提醒自己。将火气压住，用一种平和的心态，让家像个家的样子。

乡村的院落多是讲究风水的，门楼依街道的走向而定，如果是南北走向的街道，门楼为东西朝向。但是，在街道的尽头，正对着街道的地方，最好不要修葺庭院，用故乡的话说，这样的庭院会犯冲。鬼走到这里，就会停下来。故乡人笃信这样的乡村习俗，因为他们能举出一些不祥的例子压住你，譬如村里的谁谁家，最后家破人亡。我仔细回忆那些人，确实是遭遇过这样或那样的不幸，具体与正对着的门楼、街道有多大关联，却无从考证。

房子的正后面对着一条街，破解犯冲的途径较为简单，在房子的后墙上粉刷干净，刻上"泰山石敢当"的字样，或者在房的后面立上石头，写上"泰山石敢当"，就能冲淡街道的不祥。

门楼是消息的集散地。雨后，人们在门楼内下象棋、聊天，说着家长里短，譬如：谁家的二小子考上大学，谁家的老姑娘跟人跑了。门楼内的消息像一阵风刮过豫东平原。

记得那年，杞县"钴60泄漏"，消息从门楼内传出，于是人们作鸟兽散，向不同的方向逃亡，120国道和省道上填满了农用三轮，黑压压的人群呈一字长蛇阵。

后来，这些门楼内，传播过海啸过后存盐的荒谬，传播过乡村的桃色新闻。

门楼是一个开放场所，所有人在门楼内是自由的，但是堂屋却不一样，堂屋属于一个家庭的隐秘空间，这里有情爱，有温暖。

那些年，乡野汉子打架，如果跑到人家门前，还可忍受，如果跑到人家的门楼内，事情一般不可收拾。门楼是尊严的门面，门楼里包含一个人的骨气，他们牢记"人争一口气，佛争一炷香"的古语，因此，门楼内外是两个截然不同的世界。

豫东平原的门到底防什么呢？防风挡雨，防贼防盗吗？其实这些是门的原始功用，现实中的门楼炫耀大于实用，譬如古代的山大王，总有一个气派的门楼，那是寨门。门楼是一个人的名片，要写出气势来。

我家的门，经历三代人，爷爷辈的木栅栏，父亲辈的木门和铁皮门。在还未安装铁门之前，我家的木门暂时过渡，由于原来的门狭小，进不去农用车，父亲便对旧门楼进行扩建，在门上接上些木板，远远望去，像衣服上的补丁。

大风吹过，那木质的门被风吹得哐当哐当地响。木门晃晃悠悠的，像醉酒的男人。我们常常用木头牢牢顶在门后，豫东平原的夜晚才能安静下来，只有安静了，人才感到踏实。安静的夜晚容不下一声咳嗽，更容不下一个慌乱的脚步。

大风掩盖下的门楼常发出呜咽声，冬天那种拉长的声音一直落在枕边，让人心里产生无尽的恐慌。

冬天的风顺着街道，扑向安静的村庄。有风的冬天，门楼内灌满北风。

北风顺着门楼的空隙钻入，它一会儿逗逗邻家的儿女，一会儿摸摸陈旧的木锨，一会儿又安静地坐在屋檐下遥想陈年。

除了寒冬，夏风也是粗野的，它不懂怜香惜玉，一股脑儿卷走屋顶的瓦片，卷走我们对炎热的体会。

除此之外，风基本都是委婉含蓄的，春风的挑逗、秋风的忧郁都通过门楼传递出来。春风吹乱人的头发，吹醒了门楼内的杏花。秋风将秋叶吹落，枯黄的叶子贴在门上，此刻的门楼被秋风支配，但是院内却满是成熟的丰腴。

如今，我站在门楼外，且听风吟。

以石为名

豫东平原满是泥土味道,在乡村的贫寒处散落着一些石器。这些石器是乡人从远处的大山里带来的。他们掏出大山的灵魂,然后将它们孤零零地安放在平原上,这里无山无水,石器成了孤独的孩子。石器站在一片草木之间,略显孤单,但时常有一些温暖的手,赋予它们生活的温度。

石 碌

石碌多数时候并无用处,呆立于乡村的西头。它盘算着日子,遥望那些远走的影子是时候该归家了。在夕阳下,一些急促的脚步声打乱了石碌的睡眠,一些背着蛇皮袋子的人从黄昏下赶来。石碌开始坐立不安,意欲走向那一片金黄色的麦场,麦子已铺好,就等赶出黄牛,套上牛轭、牛笼头,顺便带出沉重的鞭子。

石碌是乡村麦场的王,它倾轧了麦场的每一片土地,任性地滚动着。再看,人,站在麦场中心,扯着牛缰绳,悠闲地哼着河南豫剧。牛也逍遥地在此漫步，只要牛不偷懒，主人一般不会将鞭子落在它们身上，除非是这牛刻意怠工。

石磙一看这厚重的肉身就知道是一个豪放的家伙，它看着麦子一点点拔节、扬花，内心无比欢愉。它对风吟唱，唱出河南人粗犷的嗓音。你看，当麦子一点点泛黄时，石磙开始收敛沉默的姿态，开始向金黄的麦子中间滚动。

豫东平原上满是石磙声，吱呀吱呀地响个不停，这一家的麦子清空了，那一家的麦子清空了。村里的石磙就一个，乡人排着队呢！这一家在碾麦子，其他的男人坐在黄土地上唠闲嗑。石磙声一停，这些男人一跃而起，不顾屁股上的灰尘，又走向下一家。就这样，石磙被编上名号，三奶家，四婶家……这顺序不敢乱，里面藏满谦让和伦理。

石　臼

从我记事起，村里的人都在用石臼。它是一大块石头，顶端凿出一方像饭碗一样的半球形凹槽。与之相匹配的，是比凹槽稍小一点儿的半球形石舂，上面安有一根木把。这可怜的石头，被人打磨成圆形，哪里还有大山峻峭的姿态。

石头，沉默的时候居多，只有等到夜深人静时，这一声声舂麦子的响声才会入梦。

其实石臼多半像一个解甲归田的宰相，肚量很大，接纳了这一望无尽的贫穷。这圆形的凹槽里藏有生活的隐私，一些人在舂麦时偷偷地往里加些高粱，这隐秘的行径延长了粮食的食用长度。那个时候，豫东平原家家都玩过这样的伎俩，人们心中不言而明，但是没人乐于点透，毕竟要生活，人们需要活命。

空闲的时候，石臼沉寂了。一场雨落了下来，凹槽里满是雨水，这雨水让很多鸡垂涎，它们跳上石臼，喝着这石臼里的雨水，叫着乡村的言辞。如果说乡村是一部物谱的话，这里面藏满了狗尾草、牛筋草，以及石质的物件，其中一定有一个叫石臼的活化石。

石臼不大，厚重沉默，身上满是纹理，像草木的纹理一样质朴。在石臼的周围，常常会遗留一些残剩的麦粒和芝麻残壳，这些不起眼的小东西养活了不少麻雀和斑鸠。它们知道石臼的孤独，所以这些鸟儿常常站在石臼上，呆呆地望着远方。这让我想起鲁迅笔下的寒鸦和朱耷笔下的枯鸟。

如今，石臼静静地待在一边，逃离人的视线，再也没有人去注意它。

石　磨

我不想描述记忆里石磨的功用，一盏灯，一个人，这道具简单，主角简单，我只想阐述乡村的生活状态。

在乡村的生活里，石磨渐于苍老，渐于无用，电磨的出现让乡人省力起来，他们一转脸就遗忘了曾经苦难的生活方式，把石磨丢到生活的一角。父亲唯有剁肉时，才拿出菜刀在石磨上磨几下，只听见刺耳的摩擦声和火星四溅的景象，然后房内响起剁骨头的声音。

这石磨老了，只剩下岁月的长叹。

天气晴朗的时候，母亲拿出浆洗的衣服和拆洗的被子，把它们放在石磨上捶打，发出一阵沉闷的声音，这一声紧似一声的捶打声，响在乡村的生活里，也响在文化的记忆里。在杜甫的《秋兴八首》中有云："寒衣处处催刀尺，白帝城高急暮砧。"这"急暮砧"一词多少有点故乡的影子，起码我觉得乡人捶打衣服的声音比这白帝城里的声音要悠然得多。

石磨不再是乡村的中心所在，乡村的故事也开始和它疏远，唯独有一些不忘本的麻雀还来看望它，它们站在它的身体上，和它一起感触日暮的到来。有时候，会有一只狗跑过来，依偎在它的旁边，眯着眼假寐。

后来，这石磨彻底沦落了，像衰败的家族，一下子就贫贱起来。

我的石磨，被风雨侵蚀，多少有点苍凉起来。也许，一个村庄的往事，就这样断了。我常常觉得，真正记住故乡的事物不多，一些树能记住故乡，但是被运往城市，现在唯有这村口的石磨和坟墓上的石碑能记住豫东故园里的旧事，至少它们在岁月的繁茂处拉过人一把。

每次回家，看见石磨，就想起丢失的时光，我是那个在时光里叹息的人。

石 桌

石桌在院子里已经有些年头了，它周身被磨得光滑，这时光落在它的身上，这家庭贫苦气息落在它的身上。它不势利，不丈量乡村的贫富，只是用石质般的心去接纳一切。

在远古时期，我家族里的先人或许是个秀才，或许是个举人，他们也曾在这里点灯读书。乡村多半是耕书传家，过着半隐半耕的生活，白天在田野里呼吸草木，夜晚便在这石桌上捕捉内心的光亮。

一些人我不知该如何称呼他们，因为距离太遥远了，只能用先人来统一称呼。他们在这里点上一盏灯，读着四书五经，背着科举前行。只是这枯燥的文字，远没有乡间的野花和燕语来得有趣，它们用乡村的泥土味更正孔子的"四体不勤，五谷不分"。我的先祖在一片洁白如雪的棉花地里，对古人的要义进行装订，他们将一页又一页的田园翻阅着。

这石桌被岁月的风寒磨砺，只剩下一片固执的敲打声，是叶落声，是雨打声。豫东平原的旱灾和黄河隐藏的灾难，时不时就打断了严谨的日历，日历不像日历，庄稼也就荒芜了。但是这多灾的石桌依然保持儒雅的姿态，等待后来者重新围坐，可以不说物是人非，只要嗅一下留下的味道就足够了。

我愧对一张石桌，因为我不敢将它的贫贱之气带入生活，任它在庭院里自生自灭。我的屋里是大理石的桌子，这石质的味道总觉得缺少点什么，但是说不出。直到有一天，我回到故乡，看到那些守护乡村的石桌，我才顿悟出乡村的编年史来。在乡村，只有这生硬而结实的石头才是真正的编年史，而那些花拳绣腿的物件，不过是断代史而已，一阵风就能将它们吹进历史的角落里。